KB039315

끊어진 한강교에서

시인의 말

지금
인류의 가슴을 흐르고 있는 것,
피로한 사랑, 노후(老朽)한 정열,
거기엔 벌써 경이와 신비는 없다.

1958년, 종로에서

이현우

자유로운 영혼을 위해 축배를 든다

정 지 훈 (이현우 시인의 외조카)

나의 외삼촌인 이현우 시인은 내게 큰 꿈을 주고 가셨다. 그 꿈이 나의 젊은 시절을 지켰으며 오늘 이 시집을 발간할 수 있는 원동력이라 생각한다. 그것은 나를 전적으로 신뢰해준 그의 믿음에서 시작된다. 초등학교 3학년인 내가 뭘 안다고 나를 믿고 그의 자필 원고지 한 뭉치(후일 알고 보니 그의 대표작이 대부분이었다)를 맡기고 방랑의 길을 떠나셨을까?

내가 초등학교 1학년 2학기 때 선친(정하은 박사/전 한신대 교수)께서 미국에서 박사학위를 받고 7년 만에 귀국하셨고 어린 나를 미국식으로 교육시키기는 과정에서 스트레스를 상당히 많이 받았었는지 초등학교 2학년 때 신장염에 걸려 한 학기 내내 병원신세를 질 수 밖에 없었다. 그때 외삼촌은 내 곁에 계셨다.

세상에는 거지꼴의 알코올 중독자로 알려져 있었지만 외삼촌은 세상 돌아가는 소식에 정통했으며 책과 소설, 영화 등에 대해 대단히 박식했던 분으로 기억한다. 특히 일본의 전설적인 검객 미야모토 무사시에 관한 이야기를 들려줄 때는 영화 이상의 재미를 주었다. 어느 날인가 서부영화에서나 볼 수 있었던 중간을 꺾어 총알을 넣는 공기총을 가지고 와서 사격법도 가르쳐주셨고, 당시는 정말 구경하기도 어려운 무선조정 자동차를 들고 와서 함께 놀며 무선조정 비행기에 대한 꿈도 키워주셨다.

내가 외삼촌을 선친 보다 더 믿고 따랐던 이유는 비단 이런 일 때문만은 아닐 것이다. 내가 너무 어려서 잘 기억하지 못하는 시기인 선친이 유학을 떠나신 2살부터 외조모 (소설가 김말봉)께서 돌아가신 6살까지 외가댁에서 지냈는데 그때 외삼촌은 선친을 대신해서 내게 많은 사랑을 주셨기 때문일 것이다.

돌이켜보면 외삼촌이 집을 떠났다 돌아오시면 언제나 술에 취해 거지같은 모습이었는데 어느 날인가 집에 돌아와서 목욕을 하고 허리띠를 풀어 면도칼을 슥슥 갈더니 면도를 하고 말끔한 모습으로 며칠 동안 책상에 앉아 원고지에 글만 쓰고 계셨다. 며칠 후 근엄한 표정으로 나를 조용히 불러 앉히고 "훈아 니가 이 원고지를 잘 보관해라"하시고 다음날 어디론가 떠나버렸다. 그것이 외삼촌과의 마지막 이별이 될 줄 어찌 알 수 있었겠으며 그 원고지 한 뭉치가 그의 유고시집의 바탕이 될 줄 어찌 짐작했으랴.

선친께서 민주수호국민회의에 발기인으로 참여, 민주화
운동을 하시다가 독일교단의 초빙으로 가족들을 데리고 독
일로 떠나실 때, 나는 박정희 대통령의 특명에 의거 장남
이라는 이유로 가족과 함께 가지 못하고 볼모로 잡혀 홀로
남게 되었다. 당시 내 나이 15살 중학교 3학년 때였다.
나는 감리교재단에서 운영하는 인우학사(북아현동 소재-지방
교역자 자제를 위한 기숙사)에서 단체생활을 하게 되었고 중
앙정보부(현. 국정원)의 사찰을 지속적으로 받아 선생님들로
부터 미움의 대상이 되었다. 결국 고등학교 2학년 때 자퇴
하고 말았지만 친척의 도움으로 지방의 고등학교와 대학을
졸업할 수 있었다. 그런 우여곡절을 겪으며 젊은 시절을
보내는 중에도 삼촌의 원고는 항상 가슴에 품고 다녔다.
군을 제대하고 대학 졸업 후 가족들을 만나기 위해 독일로
갈 때에도 그 원고는 잊지 않고 챙겼다. 돌이켜 보면 기적
같은 일이었다.

　이처럼 사람의 사람에 대한 전적인 믿음은 비록 아무것도
모르는 어린아이일 지라도 사랑으로 승화되어 사람답게 살
수 있도록 인도할 수 있었던 것이리라. 지금은 행불상태로
이현우 시인의 흔적은 남아있지 않지만 이미 젊은 시절 절
필된 그의 시는 육십을 훌쩍 넘긴 나의 고독한 가슴에도
자유를 부여한다.

　표지의 디자인에 쓰인 원고사진이 이현우 시인이 내게
직접 맡긴 자필 원고지이다. 끊어질 듯 하면서 끊어지지
않고 이현우 시인을 다시 소환하는 것은 바로 그 원고 때

문일 것이다. 20여 년 전 어머니와 함께 심우성, 강민, 권용태, 남구봉, 신경림 선생님들과 함께 강남에 있는 중국집에서 만나 유고시집을 발행하기로 하여 스물 한 명의 시인, 소설가, 학자, 출판인 등 삼촌과 친분 있는 분들이 발문에 참여한 첫 시집이 탄생하였고, 이젠 절판되어 그나마도 시중에서 구하기 어렵게 되었기에 이번에 시집을 다시 새롭게 기획 출판한다.

이현우(1933년~ ?) 세대는 세계 대전의 비극과 우리 민족적 한의 역사가 점화하고 고독, 불안, 절망이 공통적 키워드인 실존주의 사상이 주류를 이루던 시대였다. 실존주의에 철학적 체계가 부족하다함은 그것이 철학적 사고라기보다, 시적 혹은 예술적 특성을 가지고 있기 때문이라고 볼 수 있다. 외삼촌은 나의 선친을 만나며 실존주의적 사고 체계를 구체화 시켜나갈 수 있었다고 생각한다.

그 즈음 선친을 비롯한 몇몇 분들에 의해 한국에 실존주의 사상이 소개되기 시작했다. 1956년 3~4월호 《현대문학》지에 두 번에 걸쳐 발표된 선친의 「문학 이전」이란 평론은 사르트르 사상의 핵심과 그 한계성을 날카롭게 밝혀준 글이었다. 또한, 주간 정치평론지 《민주여론》의 편집국장으로 있었다. 이미 선친은 육사 교수로 재직 (1952~1955년) 시 라인홀드 니버의 『비극의 피안』, 아놀드 토인비의 『세계와 서구』 및 『시련에 선 문명』을 번역 출판했고, 《현대문학》, 《사상계》에 기고하고 있었다. 당대의 사상을 폭넓게 섭렵하며 비평에도 손대기 시작했다. 저널리스트적 기질과 전위적 성격으로 현대사조의 모든 흐름에 예민했다. 고향 제주의 육군훈련소에서 번역 장교로 근무 시 피난민 계용묵과 함께 《신문화》지의 동인, 육군본부와 육사에서 발행하는 문예지의 편집에도 관여했다.

몇 달 전, 이현우 시인의 연구자인 서울대학교 국어국문학과생 문성효 청년이 나를 찾아왔다. 시인의 연보를 작성하던 중 1956년경 시가 크게 변화함을 주목하게 되었다한다. 며칠 전 손에 들어온 그의 평문을 읽고서야 비로소 위에서 언급한 선친과의 교제를 통해서 이현우 시인의 시가 실존의 문제에 깊이 접근하게 된 계기임을 유추하게 되어 참으로 기쁘고 감사하다. 그의 평문은 이현우 시인이 실존의 문제에 얼마나 깊게 고뇌하였는지에 대하여 처음으로 심층적으로 분석하여 해설함으로써 그 문학적 가치를 드러낸 글이다. 책 말미에 평문 전문과 연보를 실을 수 있게 되어 문성효 선생과 그의 지도교수 서울대학교 국어국문학과 김유중 교수님께 감사를 드린다.

이 책에는 새로 발견한 시 2편이 추가된다. 이현우 시인을 소개한 책 〈비극에 몸을 데인 시인들〉의 저자이자 시인이신 우대식 선생께서 새로 찾아내신 이현우의 시 「구름과 장미(薔薇)의 노래」(1961. 현대문학)와 「다음 항구」(신군상 창간호 제1집) 이다. 우대식 시인님께 감사드린다.

또한 영어로 번역된 시가 2편이 추가된다. 흑묘대화〈Black Cat: A Dialogue〉와 만가〈Dirge〉이다. 6년전(2016년 12월)

미국에 사시는 Paul Hwang 선생께서 페이스북 댓글에 올려주신 영어로 번역된 시를 서강대 영어영문학과 명예교수이자 수사이신 안선재(영국명:브라더 안토니) 교수님께 보여드려 "굿"이라는 말씀을 들었다. 안 교수님은 평생을 한국 문학을 번역하여 세계에 알리신 영국분이기에 영어가 짧은 내가 용기를 얻게 되어 Paul Hwang 선생의 번역본을 그대로 싣는다. 두 분께 감사드린다.

시집의 순서는 우선 대표적인 시 「끊어진 한강교에서」와 「가을과 사자」 두 편을 앞에 싣고, 그 다음은 연보에 따른 순서로 하고, 그 다음 단편소설 순으로 한다. 끝으로 이 책이 나올 수 있게 물심양면으로 많은 도움을 주신 열린 서원 대표 이명권 박사님께도 감사의 인사를 드린다.

목차

2. 소설(小說)   87

1

시(詩)

끊어진 한강교에서

그날,
나는 기억에도 없는 괴기한 환상에 잠기며
무너진 한강교에서
담배를 피우고 있었다.

이미 모든 것 위에는 낙일(落日)이 오고 있는데
그래도 무엇인가 기다려지는 심정을 위해
회한과 절망이 교차되는 도시
그 어느 주점에 들어
술을 마시고 있었다.

나의 비극의 편력은 지금부터 시작된다.
취기에 이즈러진 눈을 들고 바라보면
불행은 검은 하늘에 차고,
나의 청춘의 고독을 싣고
강물은 흘러간다.

폐허의 도시 〈서울〉
아, 항구가 있는 〈부산〉
내가 갈 곳은 사실은
아무 데도 없었다.

죽어간 사람들의 음성으로 강은 흘러가고
강물은 흘러가고,
먼 강 저쪽을 바라보며
나는 돌아갈 수 없는 옛날을 우는 것이다.

옛날.
오, 그것은 나의 생애 위에 점 찍힌
치욕의 일월(日月)
아니면 허무의 지표, 그 위에
검은 망각의 꽃은 피리라.

영원히 구원받을 수 없는 나의 고뇌를 싣고
영원한 불멸의 그늘 그 피안으로
조용히 흘러가는 강.

(1958. 10. 자유문학)

*1956년 동국시집 제5집에 발표될 당시는 '인천'으로 되어
 있었으며, 작품 제목 또한 〈한강교에서〉였다.

가을과 사자(死者)

스산히 깃드는 가을은
사자(死者)들의 감은 눈을
다시 뜨게 한다.

무너진 건물의 습기 찬 그늘,
혹은
갈대꽃이 만발한 강가의 모래 바닥에
무명(無名)의 몸을 누인 채
학살된 사람들

아무도 알 수 없는
불가사의한 신비는
때로는
경이의 기폭(旗幅)을 흔들어도 주지만

이제,
한번 간 사람들은
영구히 돌아올 줄을 모른다.

〈허나 죽음은
멸하는 그것만은 아니었다.〉

가을이 깃든
사자(死者)들의 동공(瞳孔) 속에는 한 폭의 지도
그 길을 따라 우리들은 가고
먼 옛날로 더듬어 가고

죽은 고향도 어린 시절의 꿈도,
어지러운 살(肉)의 항거로 쓰러진
아, 슬프게도 싱싱했던 사람들

지금,
그들을 위한 인류의 합창은,
아세아에서 혹은 태평양과 대서양을
건넌 먼 대륙에서도
다시
한강의 피어린 모래알의
그 하나하나에서도

울려오리라.
아우성치는 해랑(海浪)의 피는
오, 살아서 날뛰는 피의 저항은
영원하리니

감아라 눈

그 속에 깃든 가을은
살아서 돌아가지 못한
너희들의 고향이요,
또 영원한 저항에의 길이다.

(1959. 2. 자유문학)

기다림

끝내 이 자리에
화석하고 말 나의 자세였다.

그 날, 그토록
격리된 거리에서 너를 부르며

초롱초롱 안타까운 눈을 뜨고 있는 나

기다림은
동결된 슬픔이 스스로 풀려나는 것은 아니다.

일모(日暮) ——
그러한 시기였다.

어디메 홍수와 같이
해일(海溢)과 같이 다가오는
절박한 시간이었다.

(1953. 12. 동국시집 제2집)

깃발도 없이

저마다 허물어져
소리 없는 뭇 형상 위에
오늘도 나는 살아가야만 했다.

하늘 높이 나부껴 오르는
깃발도 없이
바람과 더불어 어디론지
떠나갈 수 없는 나의 운명은

권태에 굳어진 채
화석(化石)이 되는데……

눈물도 이미 메마른
안타까움이 있어

하늘 높이
소리 높이

나부껴 오르는
깃발도 없이

오늘도 나는
쓰러진 양 살아간다.

(1953. 12. 동국시집 제2집)

계 절

나의 얼굴을
가리우는 것이 있다면
저 사월의 푸른 입김일지도 모른다.

어디서 바람이 불어와
이파리마다 움을 돋게 한 까닭일지도
모른다.

구름은 저마다의 눈짓으로
날마다 수없는 꽃밭을
마련하고

홀로 앉았기에
바위는
차라리 외롭지 않다.

나의 얼굴을 가리우는 것이 있다면
눈부시게 익어가는 저 계절의
먼먼 손짓인지도 모른다.

(1954. 10. 동국시집 제3집)

무제초(無題抄)

-기(其) 1

닫힌 마음의 창을 열고
강물이 흐른다.

오래 잊었던 생각처럼
쉽사리 기억할 수 없는―
그 먼날의 기억.

눈이 나리는
하늘가에

눈이 나리던
당신의 싸늘한 손목을 잡으면
그 잔잔한
그리움이
바다를 이룬다

-기(其) 2

당신에의 그리움으로 하여
바다가 이루어진
먼 훗날

나는 또 하나 아득한 절정 위에
한 그루 나무가 되었었다.

비와 바람과 노을이 쓰러진
공간에 지워도 지워지지 않는
한점 어룽인 나는

오늘은 또 당신을 위하여
스스로 눈을 맞고 섰을
탑이 된다.

-기(其) 3
내 마음의 싸늘한 정점에
그리움 일어
잎이 떨어진다.

외롭게 돌아가는
숨 가쁜 오솔길을
그 날, 타던 노을과 함께
당신은 앞서 가고,

홀로 남아 있는
내 가는 모습 위에
이루어지는 기도처럼
눈이 온다.

눈은 오히려 희어서 좋다.

저마다가 지닌
슬픈 마음의 기억을 위하여
가만히 손을 잡고 울어주는 것

이렇게 헤어진 대로
잊혀진 당신에의 거리(距離) 앞에
눈을 맞고 서면

서러운 약속을 맺은 것처럼
내가 운다
또한 당신이 운다.

(1954. 10. 동국시집 제3집)

탑(塔)
-J에게 준다

내 마음의 무한 공간에
또 하나 오르는 깃발처럼
탑은 서는가.

오랜 편력의 그 먼 길에서
내가 나의 세계에로
돌아가는 시간

탑이여
너를 닮은 또 하나 서글픈 자세로
내가 가고 있는 것을 굽어보는가.

무수한 시간은
나의 빛나던 날들과 더불어 갔다.

너를 위하여 부르는 이 노래,
나의 이 부질없는 기도가
참으로
언제부터 비롯된 것인가를 나는 안다.

조용히 눈을 감아보아라
탑.

너의 가장 안의 깊은 곳
거기 나의 날들은 잠들고
너는 내 안에서
나무와 같이 무한히 자라 가리라.

(1955. 12. 동국시집 제4집)

강 물

흘러서 머무는 곳은 어딘가,
여기는
어느 세월에 잊혀진 강물.

흘러서 돌아올 수 없는 안타까움에
너는 흐름으로써
스스로를 달랜다.

동경(憧憬)
언제부터 비롯된 것인가를
사실은
나도 모른다.

오랜날을 두고
기다리던 그리움이
나의 연륜 속에 핏빛으로 스러지고

이대로 허전히 시간은 간다.

오 강물,
너의 그리움이 다하는 날은
언젠가.

강렬한 태양이 걸려 있는 하늘의 저기,
너와 더불어 나의 날들은 가고
마침내 나의 세계의 한가운데,
그 슬픈 밤은 온다.

(1955. 12. 동국시집 제4집)

호수

먼 하늘이
나의 눈 속에 들어와
또 하나 작은 호수를 이룬다.

하~얀 구름은
창에 와 머물러
꽃으로 피고

기우는 그 빛나는 날 위엔
조용히 파닥이는
바람의 나래.

먼 호수가
나의 눈 속에 들어와
또 하나 작은 우주를 이룬다.

(1956. 11. 동국시집 제5집)

죽음을 위하여

언젠가 너의 청춘의 낙일(落日)은 오고
싸늘한 죽음은
조용히 이마 위에 나릴 것이다.

그 날, 너는 행복으로 위장된
너의 고독의 나날을 돌아보며
뉘우칠 수 없는 아픈 회한에 잠길 것이다.

죽음의 장막은 서서히 나려오고
너의 비극의 막은 오르는데
어둔 세계 위에는 먼 회상의 가랑비가 뿌릴 것이다.

돌아갈 수 없는 감상(感傷)의 나날과
오, 살아 있는 현재를 위하여
기는 높이 오르고

다가오는 죽음 앞에
너의 짧은 생애를 뒤돌아보며,
어쩔 수 없는 고별의 손을 흔들 것이다.

아, 너는 다시 생각할 것이다.
행복하던 시절에의 비굴한 미련(未練)과
반쯤 가리어진 속눈썹, 그 환한 눈매를,
어느 한 사람의 머리칼에 빛나는
그 황금빛의 의미를.

(1956. 11. 동국시집 제5집)

다시 한강교에서

강은 차라리 흘러가지 않는다.
흘러가지 않는 강을 바라보며
나는 울고 있고,

언제부턴가,
나의 불행한 젊음은
폐허의 하늘 아래 잠들고,

그리하여
나는 시를 쓰고, 술을 마시고,
또 인생이 무엇인가를
열심히 생각해 왔다.

지금
나의 시야에 비치는 강은
먼 옛날로 흐르고 있다.

강을 굽어보며 울고 간
서러운 사람을
나는 생각해야 한다.

오! 기욤 아폴리네르.

그의 기구한 생애와
굴욕의 편력을 거듭한
나의 죽어간 나날을 생각해야 한다.

시일은 흘러가고
우리들 사랑은 죽어가도
언젠가
내 곁에서 울고 간 그 사람,
그 황금빛 머리카락을 기억해야 한다.

아, 나는 다시 망각해야 한다.
삶과 죽음이 교차하는
무너진 한강교에서
실로 내가 느끼는 이 회한, 이 고뇌를,

서울의 하늘 아래
회한 없이 묻혀 간
나의 기묘한 생활,
이 부질없는 시편(詩篇)들을.

(1957. 10. 동국시집 제6집)

노래

전쟁에 죽어간
친우들의 분한 혼을 위하여
나의 열기에 찬 노래는 불리워져야 한다.

회한처럼 아니
상처받은 천사의 가냘픈 호흡으로
구멍 난 친우의 가슴 속에서
지금은 아무 것도 보이지 않는 눈,
반쯤 뜬 그 눈망울 속에서
〈비바아체〉의 열기를 띠우고
나의 노래는 다시 불리워져야 한다.

회상은 날 선 비수였다.
그것은
나와 나의 살아 있는 현재와 미래를 위하여
젊은 죽음의 대가인 피를 요구하고 있다.

죽지 못한 미련이여 가거라.
살아 남은 치욕이여 가거라.
산 자의 일체(一切)는 오직 무의미하고
죽어간 자만이 길이 영광 있을 뿐이다.

지금
인류의 가슴을 흐르고 있는 것,
피로한 사랑, 노후(老朽)한 정열.
거기엔 벌써 경이와 신비는 없다.

우리들의 가슴을 쪼개고
오늘도 한국의 한강은 변함없이
흐르고 있다.
그것을 바라보는 시인의 눈은 아직도 푸르다.

전쟁에 죽어간 친우들의 의로운 혼을 위하여

노래여,
가혹한 살육을 증오해다오.

증오해다오.
너를 흔들어 일깨우는 인간의 무력한 항거를.
그 위에 분한 총구를 향해다오.

아, 유월에 죽어간 동포들을 기억해다오.
그들 위에 뿌려진 우리들의 눈물을.
살아 남은 자의 최후의 염원을.

(1958. 자유문학)

다음 항구

내 최후의 어떤 시간을 위하여
비굴한 미련에 녹슬은 눈은
도시 감길 줄을 몰랐다.

무용한 시편(詩篇)속에
억울하게 죽어간
무수한 언어들의 창백한 형해(形骸).

혹은 시를 쓰기 위하여 낭비한 젊음보다도
더 절실한 체념(諦念)과 체험(體驗)위에
무거운 철근(鐵筋)의 비는 내리고...

불신의 시대.
그 암흑의 지층에서
나의 기묘한 과거는 다시 눈을 뜬다.

그날,
내 젊음이 정박한 최후의 항구는
캄캄하였다.

귓청을 때리고 불고 가는 적막한 바람과
비통한 침묵의 호텔.
거기
내 거대한 비애의 막(幕)은 내리고,
모든 것은
다시는 깨달을 수 없는 영겁(永劫)의 잠을 이룬다.

지금
폐쇄된 공원의 벤치위에 앉아
실로 아프게 의식되는 것.
피로한 시대,

그 위대한 시초와 종말은 다가오는데.

아 내 혼의 가장 캄캄한 그늘 속에서
언젠가, 미지의 음악을 연주하며 열려 올
다음의 그 현란(炫爛)한 항구는 어딘가.

(1958년 신군상 창간 제1집)

항구가 있는 도시

언제였던가,
지금도
귀에 쟁쟁한 그 음향과 정경(情景)들.
실로 나의 젊음의 어느 한때를
악몽과도 같이 일깨워주는 것들.

....

아, 여기는 항구가 있는 도시.
나의 추억이 영구히 묻혀 갈
비정의 피안(彼岸)

외국인과
창부(娼婦)와
군인이 참 많은 도시

오후 한 시의 부둣가에 나서면

먼 이국에서 온 선박들이
일제히 닻을 올리고.

멀리 여기까지 편력해 온
나의 25년을 회한(悔恨)하는
뱃고동은 운다.

과거는 차라리 묻지 않기로 한다.
창백한 손을 들고
다만 작별을 고(告)할 뿐이다.

모든 고뇌는
내 안에서 눈을 뜨고
다시 잠들고…….

나는 나의 25년의 젊음을

절대로 불행하다 느껴서는 안 된다.

항구의 하늘을 장식하는
무용한 별들은
영구히 빛날 것이고.
언젠가
내가 도달한 종말은
여기.

감지 못하는 눈을
내 또한 무용한 별처럼
할 일 없이 뜨고 있을 뿐이다.

(1959. 5. 자유문학)

연전(年前)

—— 연전(年前)
옛날의 회상을 위하여
검은 불행이 명멸(明滅)하는
플랫폼에 서 있다.

차가운 비 내리는 밤을
남아 있는 신호등
아픈 추억.

그 때의 사람과 시대는
가서 돌아오지 않는다.

이러한 순시(瞬時)
내 생애의 가장 위대한
한 시기는 떠난다.
떠난 그것은

다시 인간의 내부에서 멸(滅)하고
또 영구히 기억에서
잊혀져야 한다.
아니 불멸의 씨로서
세계의 가장 암담한 저변(底邊)에서
처음으로 황금의 눈을 뜨고
인간의 치욕과 그 종말 위에
차디찬 조소(嘲笑)를 보내야 한다.
허나 청춘과 더불어
나의 생애는 저물고
지금은 쓸쓸히 최종 열차에 오를 때.

비로소 회상이 오고
나는 늙고
사랑의 이름으로 불리워진
모든 것은 죽는다.

밤
지금도 차가운 비는 계속된다.

이제 나는 나에게
손을 흔들고 돌아서야 한다.

영원한 회귀(回歸)의 밤, 그 밑바닥으로.

(1959. 8. 자유문학)

노래초(抄) 1
-양심의 폐허(廢墟)

한 사람이 흘린 붉은 피는
영원히 거기서 그치는 것이 아니다.

인류가 흘린 피, 아니 아세아 아니 구라파가 흘린 그 피 속에는
학살된 양심의 폐허,
내 사상의 영원한 유형지(流刑地)

피여,
쓰린 항거로 이름 없이 죽어간 사람들의 감은 눈을 흐르는
조국의 강.

죽어서 말할 한마디는 없어도
피는 흘러서
살아 남은 사람들의 가슴을 적신다.

아니
그것은 차라리 영구히 눈 감지 못할 검은 회한의 꽃.
학살된 사람들의 분노로써 핀다.

아 〈시초와 종말〉

누군가,
인류가 더듬어 가야 할 기나긴 낭하(廊下)를 말없이 앞서 간
사람은.

그대들 위에 임(臨)한
가장 무자비하고 부당한 그 손의 주인은 누군가.

말하라, 학살된 사람들.

그대들 말없는 죽음은

저 양심의 폐허

인류의 유적 위에

처음으로 황금의 태양으로 길이 빛날 것이다.

(1960. 7. 자유문학)

흑묘대화(黑猫對話)
-모나리자의 초상에게

전쟁과 재앙이 짓밟고 간 나의 하룻밤을
너는 죽어가는 자의 음성으로
가냘프게 운다.

창밖은 폐허된 도시
스산한 바람은 나의 내부를 뚫고 가는데
너는 오뇌와 권태에 이즈러진 목소리로
나의 과거와 미래를 점시(占示)한다.

너의 빛나는 광석빛 눈망울
흑단(黑壇)의 서러운 육체여
오, 나의 망각의 세계에서 온
검은 사자여.

너는 조용조용 말한다.

〈젊음은 실로 헛되이 가리라.
사랑 또한
폐원(廢園)의 수목처럼 시들고……

전쟁은 결국
인생의 축도(縮圖).

너의 불 붙는 젊음 또한
빙하와 냉각(冷却)의 저쪽
그 그늘에 잠들리라.

그리하여 어느 날
다행히 눈을 뜨거들랑
너는 다시
전쟁과 재앙의 밤으로 돌아갈 것을

아 불행이 시작된 것
그것은
먼 옛날의 일이었다.

너의 생애는 폐허에서부터 시작되고
거기서 끝날 것을……〉

말하리라. 너는. 침묵으로서.

이미 나에게서 무너져 간 것은
세계와 단절된 나의 생활, 나의 생존.

그 끝없는 불행과 고독이
영겁으로 이어가는 이 한밤을
너는 회한의 검은 기폭을 흔들며 운다.

아아 허구와 환상과
명정(酩酊)의 침실
그 벽면에 걸린 한폭 때 묻은
위조 사진들 속에서.

(1960. 11. 자유문학)

구름과 장미(薔薇)의 노래

나의 하루의 일과(日課)보다
더 단조(單調)한 것이 있겠는가
구름이여
장미여.

이제는
시를 써도 아무 기쁠 것도 없고
음악을 들어도
철(鐵)의 벽(壁)을 두들기는 그러한 느낌.

시를 쓰는 것은
그냥
시를 쓰는 것뿐이다.

검은 〈커텐〉 너머는 광휘(光輝)의 세계

이제 지혜(智慧)의 서(書)는
내 눈을 현혹(眩惑)하지 못한다.
하루와 하루가 이어가는 것은
또 얼마나
단조(單調)한 노릇인가

구름과 장미의 의상(衣裳)으로
단장(丹粧)된 도시의 지붕위에
설사
자비(慈悲)의 비가 뿌린다 해도.
아 생활하는 것은
그냥
생활하는 것뿐이다.

부정(否定)과 권태(倦怠)의 나래짓으로
사라져 가는 시간의 저쪽에는

내 상실된 행복
꿈이 살았다 하지만.

생활과 시,
구름과 장미를 잃어버린 내 공허한 가슴에
그대여
차라리 때 아닌
동절(冬節)의 결빙기(結氷期)를 불러오라.

그리하여
백년 혹은 천년 후
내 죽고 난 어느 미래의 아침에
시는 다시 살아서
찬란한 의상(衣裳)의 나래를 펴리라.

너 구름과 장미
지금은 없는 나의 시신(詩神)이여
노래여.

(1961 자유문학)

만가(挽歌)

내 청춘의 불 꺼진 긴 회랑을 돌아 당신은 갔습니다.

어제와 오늘의 시간,
그 한계와 관념이 가리키는 비정의 피안으로.
──한마디 인사도 유언도 없이.

고독과 회한은 그 날부터 내 안에서 불멸의 것이 되었고.
오늘, 나는 지나간 시절의 불운한 일기책을
한 장씩 바람에 날려 보냅니다.

거기엔 괴기한 이야기.
내 영원한 7일간의 감상(感傷)이 될 수 없는 사건들이
청춘의 고독과 함께 씻을 수 없는 죄처럼 기입되어 있고.

당신과 만난 최초의 야릇한 열광이,
고별하던 쓰라린 회상이
총구처럼 또렷이 기억되었습니다.

서로가 만난 것은 위험의 시초였습니다.
우리는 결코 해후의 부질없는 요행(僥倖)을 바라지 맙시다.
비극은 항시 사랑이 죽는 곳에 살고
인간은 길이 불행하기 때문입니다.

그 날,
불 꺼진 내 청춘의 검은 회랑은
불길한 예감에 떨고 있었습니다.

거기엔 혼란된 의식,
흐트러진 정신

그러한 발광과 미움만이
내 안의 암흑을 지배하고 있었습니다.

지금,

나는 실신한 육체를 이끌고,

고절된 생애, 그 종말에의 긴 여행을 떠나갑니다.

이미 소멸된 젊음과 더불어,

내 황폐한 내부에는 다시는 꽃이 피어나지 않고

불행한 편력의 피듣는 기억만이

검은 강을 거슬러 흐르고 있습니다.

그러나 당신은 여윈 분명한 의식과

영원히 잊힐 수 없는 분함에 저문 일월은

내 쉬어빠진 만가와 더불어

다시는 돌아올 줄을 모릅니다.

(1961. 10. 자유문학)

눈 오는 주점(酒店)
-K에게 드린다

사랑은 가서 다시 돌아오지 않는다.
내 인생의 저무는 추억
먼 역정의 오솔길을

실로
행복은 짧고
불행은 긴 것을.

그러한 회고(回顧)
그러한 일모(日暮)의 서울 거리를
온종일 눈은 내리는데.

눈은 내려서
내 잃어버린 생활
기구한 운명, 그 위에
무심히 쌓이는데

불행과 고독을 더불고
나의 생애는 참 아름답게
죽어가야 한다.

술을 마셔야 한다.
눈 내리는 내 젊음의
이유 없는 감상과
마음에 그늘을 늘이는
이 적막감을.

창밖엔 다만 무너진 도시
일모(日暮)의 텅 빈 갈림길인데.

아, 나는 상기한다.
지금은 잿빛 그늘 속으로 묻혀 간
나의 빛나는 나날을.

그 날 위에 떠오르는
누군가
창백한 두 볼을.

실로 높이 드는 축배
나부끼지 않는
광물성(鑛物性)의 기(旗)여.

오늘은 내 쓸쓸한 인생
덧없는 노래
노래도 없이 살다 간
사람들을 생각하는데.

눈을 감으면
사랑은 가서 다시
돌아오지 않는다는데.

내 인생의 추억은

훨훨 낙엽 져 내리는데.

(1962. 3. 자유문학)

노래초(抄) 2

인류의 죄는 오직 무력(無力)에 있었다.
내 형제와 먼 조상들의 무력,
오 피여, 저주받을지어다.

지금은 항거와 혁명의 해,
불 붙은 기치(旗幟)의 계절,
내 사상(思想)의 피 듣는 언어들은
뜨거운 노래로 화하여라.

이 시기에 죽어 간 사람들은, 싸늘한
땅 속에서 영구히 눈 감지 못할 것이다.
충혈된 눈망울을 굴리며
해는 다시 떠오를 것이다.

떠오를 것이다.
시대의 악몽과 같은 기억들은

잃어버린 언어, 상처받은 시(詩)의 의상(衣裳)은.

그것들은 먼 훗날
나와 나의 형제들의 무덤 속
그 캄캄한 묘혈 속까지 스며들 것이다.
우리들의 썩은 살 그 속으로 스며들 것이다.
영구히 썩지 않는 뼛속으로 스며들 것이다.
—— 다시 인간의 어리석음을 깨우쳐줄 것이다.

깨우쳐 줄 것이다.
세계를 물들인 가장 잔인한 자들의 살육의 피가 무엇임을.
깨우쳐줄 것이다.
가만히 소리 죽여 부르는 인류의 노래 속의 그 희구
또한 무엇임을.

오오 밤마다 잠 못 이루는 애인들의 불 꺼진 창을
다시 밝혀다오.
그들의 눈물로 그리는 십자가 위에
신이여
또 한 번 그대의 얼굴을 보게 해다오.

우리들의 무력(無力), 우리들의 식은 피 속에
한 번만 더
불 붙은 꽃을 피게 해다오.

우리들의 세계 우리들의 시대 위에
언젠가 휩쓸어 올 크나큰 홍수는
그 위에 다시 떠오를 해, 그 해의 분념(憤念)은
가장 위대한 사람들의 노래로 하여
영원히 우리들의 것이다.

(1962. 7. 동국시집 제9집)

타산과 욕망의 시

-사랑과 변심의 노래를〈기욤 아폴리네르〉

한 편의 시를 쓰기 위하여
감상의 창백한 베일을 찢어라.
술과 젊음과 그리고 온갖 욕망을.

잃어버린 시간,
무용한 생활과 세월일랑 차라리
──망각하라.

아니, 다시 상기하라. 회한 많은 젊음이여.
사랑과 변심은 최후의 순간에,
고뇌는 또한 내가 불행할 때에.

굽어보아라,
슬기로운 눈,
나의 예지여.

이제 결빙기는 다가오는데
습기 찬 방에서 늙은 작가는
그래도 읽고 또 쓸 것이다.

사랑과 이익을 망각한
그의 안정(眼晶)은 흐려 오는데,

아아 시대는 저무는데
늙은 작가의 안정에 비치는
삐걱이는 의자, 금이 간 테이블,
창밖엔 찢긴 잎이 떨어지는데.

오, 무익한 곤충들의 헛된 몸짓처럼
시를 쓰기 위한 노력보다
더한 타산(打算)이여
나의 앓는 시신(詩神)이여.

그리하여, 시는 탄생하리라.
나의 죄업(罪業)과 절망의 골짜기에
술과 젊음과 그리고 온갖 욕망의

잃어버린 시간, 모든 무용한 것
나의 모든 타산 위에.

(1962. 9. 10합병호, 자유문학)

노래초(抄) 5
-항거의 해

이제는 우리들에게 아무 것도 바라지를 말라.
죽어간 자와 살아 남은 자와의 그 중간에 서서
우리들은 전쟁이 앗아간 억울한 언어 억울한 젊음들을 위하여
피보다 더 뜨거운 노래로써 항의해야 한다.
이미 죽어간 사람들은 역사의 창백한 그늘 속에
하나의 크나큰 의미로 남을 것이다.
그리고 또 잊혀지고 말 것이다.

잊혀진 그것들을 위하여
한가닥 쓰린 회상을 위하여
분노에 떠는 맨주먹을 부르쥐고
우리들은 소리 높이 외칠 것이다. 다시금
피보다 더 뜨거운 노래로써
항의할 것이다.

우리는 싸워서 승리를 거둘 것을

약속치 않는다.
또 패배하여 복종할 것도
원치 않는다.

가장 흉악하고 잔인한 것들을 위하여
가장 가혹하고 치욕적인 것들을 위하여
인류와 동포의 이름으로 아니
전쟁이 앗아간 젊은이들의 억울한 이름으로
──고발할 것이다.

아, 저 3월의 저항과 6월에 겪은
수없는 희생과 고난을
다시 회상시켜다오.
깨어진 콘크리트 바닥 위에
아무렇게나 내어 던져진 이름 없는
학살마의 그 하나하나를

회상시켜다오.

그것들은 인류와 동포의 양심 위에
처음으로 분노에 떠는 비수로
겨누어질 것이다.

오, 아우성치는 회한이여 치욕이여
마지막 남은 한가닥 노래의 가락이여
——영원하여라.

전쟁이 앗아간 젊은이들의 억울한 이름은
분노에 물결치는 저항의 강 저편에서
지금도 우리들을 부르며 손짓하고 있다.
우리들의 노래 속에 영구히 잊혀질 리 없는
불멸의 가락들을 읊조리고 있다.

(1963. 7. 동인지 청동 제1집)

흑묘대화 Black Cat: A Dialogue

War and calamity have trampled through this
night.
In the tone of one expiring, you raise your feeble
lament.

Beyond the window a city in ruins,
an icy wind cuts through my inside.
In a voice filled with weariness and anguish,
you reveal my past and future.

Your luminous crystalline orbs,
that mournful body of ebony--
ah, you are the dark messenger
from my world of oblivion.

Softly, quietly you speak.

⟨Verily, the springtime of youth will pass in vain.

Love too
shall wither like the shrubs of a garden long
forgotten...

War is after all
a representation of life in scale.

Your burning youth also,
on the far side of glacier and deep freeze,
in that wintry shade will it fall asleep.

Then, by a good fortune's grace
should you open your eyes one day,
you will again
return to the night of war and calamity.

The beginning of misfortune,
alas,
it was the story of a distant past.

Your life began from a legacy of ruin
and will end there...⟩
You will declare. With your silence.

What is already lost and gone from me
is my existence,
my living, cut off from the world.

That unending loneliness and sorrow
ever continuing on this night,
you wave the black banner of remorse and weep.

Oh, in this den of falsehood, fantasy,
and drunkenness,
and on its wall a set of dirty
counterfeit photos.

(번역: Paul Hwang)

만가 Dirge

By a long detour through
the darkened gallery of my youth
(where the light has gone out),
you have left me.

Yesterday's and today's time,
what its limit and concept indicate,
into the unfeeling other side--
without a word of farewell,
without leaving your final wishes.

Loneliness and remorse, from that day,
have become within me things immortal.
And today, I cast away the ill-fortuned diary
of those long, enduring years
page by page into the wind.
In there are macabre tales,
events that cannot become the reflections

of my eternal seven days, recorded,

together with the desolation of my youth,

as unexpiated sins.

The exquisite thrill of our very first meeting,

the bitter recollection of the moment we said
goodbye,

all came back as clear as the muzzle of a pointed
gun.

Our meeting was the start of something dangerous.

We must not, on our parting, look for any
unavailing hope.

Tragedy lives always where love dies,

and man's path is an unhappy one.

That day,

the black gallery of my youth where the light has
expired

was trembling with a strange foreboding.

There, confused sensations,

disjointed thoughts, only such deranged hatred

ruled the darkness within me.

I am now,

dragging my unconscious body,

this lonely, isolated existence,

departing on its long end journey.

Never again will flower blossom

on the bleak interior of my being,

only a restless memory of the unhappy wanderings

courses upstream along the black river.

But my beloved,

your feeble, undying awareness--

and days that set with

never to be forgotten resentment--

like my tired old dirges,

never looks to return.

(번역: Paul Hwang)

2

소설(小說)

이상 성격자의 수기

아무리 생각해 보아도 나는 나를 어찌하지 못하는가 보다. 그러기에 나는 나의 이 쇠잔해 가는 육체를 가지고 종일을 집안에만 처박혀 있는 것이다. 나의 몸의 어느 부분이 몹시 아파서 그런가 하면 그렇지도 않은 것이다. 그저 아무 것도 하기 싫다는 게 나의 상태를 말하는 데 있어서 가장 적절한 표현일 것이다. 나는 현재 외부와의 교섭을 전연 갖지 않고 있다. 나에게 무슨 병이라는 게 있다면 이러한 나의 상태에 적용할 수 있을 것이다.

그러나 나는 병이라는 말이 무슨 까닭인지 싫어 죽겠는 것이다. 그것은 나의 남달리 몸이 가는 데서 오는 일종의 반발 감정인지도 모른다.

그러면 나는 심한 염세증에 걸린 것일까. 그것도 아닌 것 같다. 종일 집안에서 뜰을 거닐기도 하고 낮잠도 자고 하는 내가 무슨 염세증 환자란 말인가.

내가 외부와의 교섭을 끊은 지가 햇수로 따지자면 꽤 오래되는 것이다. 한두 달이 아닌 벌써 삼 년이 접어들고 있는 것이다. 내가 바깥으로 안 나가는 것을 보고 식구들도 처음에 이상하게 생각하는 것 같았으나 요즘에 와서는 아무렇지도 않은 모양이다.

내가 바깥에 안 나가는 그 날부터 아내는 실로 남자인 나 못지않게 눈부신 활약을 했었다. 지붕에서 비가 새거나 비바람에 담장이 무너지는 날이면 아내는 솔선 일꾼들을 지휘하며 그것들을 수선해 온 것이었다.

그럴 때마다 나는 방문을 활짝 열어 제치고 방바닥에 편하게 엎드려 담배를 피우며 일꾼들을 지휘하고 있는 아내며, 아내의 지휘 아래 기특한 군사들처럼 움직이는 일꾼들의 하는 양을 재미있게 구경했던 것이다.

시골에 있는 얼마 되지 않는 농지에서 곡식을 거두는 것도 처음엔 내가 맡아서 했던 것이 그것도 요즘에 와서는 자연 아내에게 인계되고 말았다.

그러나 아내는 이러한 나의 처사에 대해서 한 번도 불만을 나타낸 적이 없었다.

나는 그러한 아내를 나에게 보내주신 하나님에게 얼마나 감사를 표했는지 모른다.

현재 내가 살고 있는 집은 옛날 대궐식 건물이다. 또 그만큼 오래된 집이었다. 나의 할아버지 때부터 나의 대까지 물려 내려 온 것이니까 햇수만 따져도 굉장히 오래된 것이다.

허기야 서양 사람들은 집 한 채를 가지고 할아버지와 그 할아버지의 아들과 그 아들의 아들, 또 그 아들의 아들 그리고 그 손자의 손자, 실로 수십대로 물려받는 것이 그다지 신통하지도 아무 것도 아닌 사실이지만 슬프게도 내가 살고 있는 이 조선식 목조 건물에서랴!

이미 퇴색해 버린 기와지붕 위에는 잡초가 제멋대로 자라고 이끼 낀 기왓장은 오랜 세월이 머물다 흘러가버린 덧없는 자취를 여실히 나타내고 있는 것이다.

식구들의 수에 비해 엄청나게 많은 방은 그 문을 열기만 하면 나의 할아버지의 할아버지 적부터 서려 있었는 듯 한 곰팡이 냄새가 푹 - 코를 찌르고 방구석에 놓여 있는 의롱이며 단스에서도 죽은 이들의 망령이 춤을 추며 일어날 것 같다. 그만치 그 방 안은 음침한 것이다.

뜰이며 집 둘레를 빽빽하게 둘러싸고 있는 수백 년 묵은 수목들, 그것들은 제멋대로 가지가 뻗어 몹시 바람이 부는 날이면 둥치에서 부러져 나가기도 하고 또 어떤 나무는 제 힘에 못 이겨 요란한 소리를 내며 통째로 쓰러지는 것이었다.

그러나 이것들을 손보기에는 나의 힘은 너무나 미약하다. 그 창창히 푸르던 거대한 수목들을 내가 어떻게 다 손을 보아야 한단 말인가.

나의 아버지 때까지도 그 나무들을 집안 식구들이 애지중지했었다고 한다. 그러나 나는 이 수목들이 싫어 죽겠는 것이다. 온통 하늘을 덮을 듯이 무성한 나뭇잎의 바다는, 그

것이 하늘을 향하여 피는 것이 아니라 차라리 아래 있는 모든 것을 덮어 누를 것 같은 느낌을 주는 것이다.

나는 그 잎들을 볼 때마다 늘 압살되리라는 불안한 생각이 드는 것이었다. 내가 그 수목들을 싫어하는 이유는 그뿐만이 아니다. 내가 처음으로 이 세상에 태어나던 그 날 나의 할아버지가 이 수림(樹林)에 와서 목을 매어 자살한 일도 있기 때문이었다.

집안 식구들은 기쁨과 슬픔을 동시에 맛보게 된 것이었다. 할아버지가 목을 매어 자살한 원인은 사업에 실패하여 빚에 쪼들려서 그랬다는 것이다.

그러한 슬픈 날에 세상에 태어난 나는 그래도 감기 하나 들지 않고 잘 자라났다고들 말하는 것이었다.

한번 기울어졌던 가운(家運)도 나의 아버지의 힘으로 무난히 바로 서고, 한때는 남의 손에 넘어 갔었던 수많은 농지며 가재(家財)들도 나의 아버지는 할아버지가 살아 계실 때보다도 더 많이 장만했던 것이었다.

그러한 아버지의 덕택으로 나는 나의 아버지가 돌아가신 뒤에도 그다지 궁색하지 않은 생활을 할 수 있었던 것이다.

그러던 것이 삼 년 전 내가 외부와의 접촉을 거부한 그 해부터 나의 안온했던 주위에는 심상찮은 바람이 불어온 것이었다. 그것은 6·25였다. 38선을 넘어서 물밀듯 쳐들어온 괴뢰군들의 발길에 아버지에게서 물려받은 적지 않은 농지와 과수원이 모조리 짓밟히고 말았었다.

참으로 어처구니없는 재난이었던 것이다. 그 후부터 나의 생활은 밑바닥이 드러나기 시작했던 것이다. 그렇다고 해서 나의 생활의 근저까지 위협을 받았다는 것은 아니다.

괴뢰군들의 흙발이 닿지 않은 이곳 부산에는 아직도 집이 서너 채 남아 있었기 때문이었다. 그것도 언제 또 화를 입을지 모르는 근심에서 죄다 헐값으로 팔아치우고 말았었다.

비록 헐값으로 팔아치웠다고 하지만 그 돈은 적지 않은 것이었다.

휴전이 성립되어 모두들 환도하는 바람에 나도 부산에서의 생활을 청산하고 조금 남아 있던 돈으로 운수업이나 해볼까 맘먹었으나, 원래 그런 일에 수단이 없는지라 곧 단념하고 말았다.

그렇다고 해서 무슨 다른 일에 착수했는가 하면 그것도 아니다. 그저 아무 것도 하지 않고 종일 집안에 틀어박혀 있는 것뿐이었다.

처음 내가 외부와의 교섭을 끊은 이유는 무엇 때문인지 나는 모른다. 또 구태여 캐고 싶지도 않은 것이다. 다만 나에게 문제되는 것이 있다면 차츰 기울어져 가는 나의 생활을 염려하는 것뿐인 것이다.

휴전이 성립되자 질서가 바로 잡히고 짓밟힌 농지며 과수원일망정 도로 찾게 되었다. 그러나 그 농지며 과수원은 황폐될 대로 되어버렸다.

더욱이 과수원은 말이 아니었다. 과수원 안에 심어져 있

었던 나무는 모조리 포화에 쓰러지고 내가 그 곳에 발을 들여
놓을 때는 가을바람에 싸늘한 재만 날리고 있을 뿐이었다.

　농지도 다시 흙을 일구어 비료를 묻으면 되겠거니 했던
것이 그것도 뜻대로 되지 않았던 것이다. 농촌에 대한 지식
이 부족한 도회인인 나의 부질없는 생각이었던 것이다.

　옛날부터 그 농지들을 손보고 있었던 소작인들도 한 사
람 두 사람 떠나가고 말았었다. 그 농지의 대부분은 불모지
와 다름없다는 것이 그들의 공통된 생각들이었다.

　나는 그들의 말을 알아들을 수가 있었다. 이제는 농지에
희망을 붙일 수 없게 되고 말았었다.

　그렇다고 해서 농지의 모두가 못쓰게 된 것은 아니었다.
아직도 조금은 벼가 되는 농지가 남아 있었다.

　그러나 흉년이 들 때는 아예 바라지 않는 것이었다. 더욱
이 약한 여자인 아내 한 사람이 돌아다니는 것이라 소작인
들은 얼마든지 아내의 눈을 속일 수도 있는 것이었다.

*

　아내의 말이 났으니 아내와 나의 관계를 이야기해야겠
다. 사실 아내와 나는 그야말로 어처구니없는 인연으로 맺
어진 부부였다.

　서로가 뜻이 맞아 결혼한 것이 아니라 쌍방의 부모들끼
리의 뜻에서 이루어진 부부인 것이다. 그 때 나는 중학교를
마치고 서울에 있는 의과대학에 입학하려고 상경 준비에 골
몰할 때였다.

내일이면 서울로 떠난다는 그 날 밤, 아버지께서 갑자기 앓아눕게 되었었다. 한밤중에 의사를 불러오고 하여 집안은 온통 뒤집히고 말았다. 의사의 진단에 의하면 뇌일혈이라 했다.

그 날 밤은 아버지의 간호를 하느라고 밤을 새우다시피 하다가 새벽녘에야 자리에 들어 잠이 마악 들려는데 건넌방에서 별안간 어머니의 통곡 소리가 났었다. 아버지가 위독한 모양이었다. 내가 이부자리를 걷어차고 아버지 방으로 뛰어갔을 때는 아버지는 벌써 이 세상 사람이 아니었었다.

그리하여 아버지의 삼일장을 끝내고 나니 이번에는 어머니의 건강이 위태한 것이었다. 아버지가 돌아가신 그 슬픔으로 인해서 어머니의 건강이 상하였으리라.

그 때문에 나는 서울행을 단념하지 않을 수 없게 되고 말았던 것이다. 어머니의 건강은 날로 시원치 않은 증세로 들어가는 것이었다.

어머니는 그러한 가운데서도 자기는 지금 죽어도 괜찮지만 섭섭한 게 있다면 손자를 못 보고 죽는 것이 맘에 걸린다 하시면서 나더러 자기가 죽기 전에 장가를 들어서 아들이라도 하나 낳아 주었으면 자기는 죽어도 한이 없을 것이라고 말씀하시는 것이었다.

그 이듬해 봄에 나는 어머니의 소원대로 지금의 아내에게 장가를 들었다. 그리하여 그 다음해 가을에 아들을 낳았다.

어머니의 기뻐하시는 모습은 이만저만이 아니었다. 그것

은 세상에 아들을 가진 어머니들의 공통된 심정이리라. 그러나 어머니는 나의 아들이 첫돌을 맞기도 전에 끝내 돌아가시고야 말았다.

이어 나의 아들도 또한 첫돌을 맞기 전에 어린 목숨을 거두고 말았다. 소아마비에 악성 감기가 덧친 때문이었다. 나와 나의 아내는 어머니와 나의 어린 아들의 장사를 간단히 치르고 다시 평온한 아무 재미없는 나날을 보내게 되었던 것이다.

아무 재미없는 나날, 그렇다. 아내와 나는 참으로 무미한 날들을 맞고 또 보내는 것 외에는 별로 이렇다 할 재미를 맛보지 못하는 것이었다.

아버지의 죽음, 그리고 어머니와 나의 아들의 죽음, 이러한 야단스러운 사건을 겪고 난 나는 정말로 맥이 탁 풀리고 말았다. 그 후로부터 당분간 나는 되도록이면 성가신 일에는 참견하지 않는 버릇이 생기게 되었던 것이다.

아내와 잠자리를 같이 하는 일도 차츰 뜸해졌었다. 나는 거기에 대해서 아내에게 미안한 생각이 없지 않았으나 결국 아니 멀어지는 나 자신이 이상하며 생각되지 않았을 뿐더러 오히려 당연하다는 생각조차 드는 것이었다.

처음엔 어머니를 위해서 결혼도 했었고 또 아들까지 낳았지만 그것은 어디까지나 어머니를 위해서 한 것이지 아내와 나를 위한 것은 아니기 때문이었다.

어머니가 돌아가신 지금, 금후부터 취하는 나의 행동은

순전히 나 본위에서 우러나는 것이니까.

사실 아내와 나의 사이는 물에 물 탄 듯 싱거운 관계가 되고 말았다. 원체 성품이 유순한 아내는 내가 취하는 태도에 대해서 원망 비슷한 눈치를 한 번도 나타난 적이 없었다.

나도 그러한 아내를 가엾게 보는 한편, 또 무척 다행으로 생각하고 있는 것이다. 이러한 아내와 나의 관계로부터 앞으로 어떠한 결과가 지어질 것인가에 대해서 참 나는 여러 가지 상상도 많이 해보았다.

묵묵히 그날그날의 집안일을 돌보고 있는 아내는 대체 언제까지 이 상태에 머물고 있을 것일까. 왜 나를 버리고, 아니 이 집을 박차고 떠나가지 못하는 것일까.

이러한 의문이 생길 때마다 나는 혼자 즐거워서 못 견디는 것이다. 나의 의문을 풀어주는 정확한 회답은 머잖아 아내가 나에게 해주기 마련되어 있으니까. 그러나 아내는 끝내 어떠한 행동은 선택하지 않고 그대로 이 상태를 벗어나지 못하는 날이면 어쩌나? 나는 그만 싫증이 나는 것이다.

이럴 때면 아내는 나를 압살하려는 저 수목들의 존재처럼 비치는 것이다. 내가 그 수목들을 미워하는 분량만큼 아내도 미워지는 것이다.

이러한 나의 속을 아는지 모르는지 아내는 오늘도 나의 방에서 건너다 보이는 우물가에서 나의 사루마다며 내의를 물속에 담그어 세탁을 하고 있는 것이다.

아내는 빨래를 판판한 돌 위에 포개어 놓고 방망이질을

시작하는 것이다. 방망이가 빨래 위를 내리칠 때마다 빨래에서 튀는 물방울이 무슨 화살처럼 날쌔게 사방으로 흩어진다.

아내의 몸 어디에서 저런 힘이 날까? 나는 누운 채로 잠깐 고개를 기울여 보는 것이다. 저 힘은 아내의 무명 치마가 터질 듯이 살찐 엉덩이에서 오는 것일까? 방망이를 휘두를 때마다 잘 익은 홍시같이 전후 좌우로 흔들리는 저 젖통에서 오는 것일까?

아니 그 힘은 역시 아내의 팔에서 나오는 것이리라. 사실 아내의 팔은 요즘 뼈와 가죽만 남은 새하얀 나의 팔에 비해 너무나 튼튼하고 굳세게 보이는 것이었다. 아내의 튼튼한 팔을 보고 있자니까 나는 갑자기 몸서리가 쳐지는 것이었다. 아내의 저 굳센 두 팔이 언젠가 나의 몸의 어느 부분을 힘껏 졸라매는 듯한 감촉이 아직도 무슨 죄의 기억처리 생생하게 살아오는 것이었다.

나는 그만 눈을 돌려 버렸다. 그리고 시선을 천장의 일점에 옮겨 놓았다. 그러나 아내의 모습은 나의 망막 속에 사진이 찍힌 것처럼 지워지지 않는 것이다.

왜 오늘 달리 아내가 나의 주의를 끌게 하는 것일까? 나는 그 까닭을 모르겠다.

여태껏 나의 마음 속에서 하나의 물체로밖에 여겨지지 않았던 아내가 무엇 때문에 오늘은 나의 관심을 이토록 끄는 것일까?

한참 동안을 이런 부질없는 생각에 잠겨 있다가 문득 정신을 차려 보니 어느덧 아내는 우물가를 깨끗하게 씻어버리고 어디론지 가고 없는 것이었다.

그 곳엔 이미 연한 수목 빛 황혼이 소리 없이 나리고 있을 뿐이었다.

*

요즘 아내는 무슨 이유에서인지 할아버지가 목을 맨 나무 밑 에 밤이며 대추며 마른 명태 따위를 차려놓고 두 손을 부비며 무슨 말인지 내가 통 알아듣지 못할 말들을 중얼거리며 앉아 있는 것이다. 아내 쪽에서는 꽤 대단한 행사를 치르고 있는 것 같으나, 나는 도무지 못마땅하게 생각되는 것이다. 그렇다고 해서 아내 하는 일을 말리지는 않았다. 나에게 아무런 상관이 없으니까.

하루 이틀, 일주일이 지나도 아내는 그 행사를 그만두려 하지를 않는 것이다. 어떤 때는 꽹과리를 동동 두들기는가 하면, 또 어떤 때는 식칼을 휘두르며 나무 둥치를 내리치는 것이다. 마치 귀신이라도 내쫓으려는 듯이 .....

처음엔 그러한 짓을 하는 아내를 못마땅하게 생각한 나도 아내의 하는 일에 차츰 흥미를 느끼게 되었다. 그래서 어느 날 밤 나는 아내와 조금 떨어진 곳에 가마니를 펴고 누워서 아내의 하는 행동을 유심히 또는 반쯤 재미 삼아 바라보았던 것이다.

나무 밑에 켜놓은 촛불이 이따금 바람이 불어올 때마다 날름대는 혓바닥처럼 흔들리는 것이었다. 그럴 때마다 아내의 얼굴도 달라지는 것이었다.

어떤 때는 무서운 짐승 같기도 하고 또 어떤 때는 광녀 같기도 하고, 어떻든 그럴 때의 아내의 얼굴은 평소의 아내의 얼굴과는 먼 악마같이 보이는 것이다. 무슨 주문 같은 것도 입 속에서 중얼중얼하는 양이 보통이 아니었다.

아내의 행사는 으레 새로 한 시가 넘어야 끝나는 것이었다. 들고 나왔던 식칼이며 꽹과리를 주워 들고 촛불을 끄고 나면 아내는 옆에 누워 있는 나에게는 일별도 주지 않고 빠른 걸음으로 제 방 속으로 사라져버리는 것이었다.

아내가 제 방으로 사라지는 것을 보고 난 뒤에야 나도 가마니를 말아 가지고 아내 방과 조금 떨어져 있는 나의 방으로 들어가는 것이다. 그리하여 나는 전후불각의 깊은 잠에 떨어지는 것이다. 그러나 나는 가끔 잠결에 이상한 소리를 듣고 등골이 싸늘해 질 때가 있는 것이다.

처음엔 그 소리가 어디서 나는지를 한참 동안 몰랐지만, 소리의 출처를 알 수 있었다. 그 소리는 아내 방에서 새어나오는 것이었다.

빠드득빠드득 이 가는 소리로부터 시작하여 응! 응! 이놈의 귀신아, 썩 물러 가거라, 썩 물러 가거라 횟세 귀신아!

아내는 꿈속에서 굉장히 싸우고 있는 모양이었다. 무슨 까닭인지 나는 그러한 아내의 잠꼬대를 들으면 즐거워 못 견디겠는 것이다.

아내가 밤마다 나무 밑에서 행사를 하는 이유도 알 것 같은 생각이 드는 것이다. 아내는 내가 예측한 대로 요즘 행동의 선택에 무척 고심하고 있는 모양이다. 그래서 아내는 나무 밑에서 행사를 하는가 보다.

행동의 선택을 전연 생각지 않는 시절의 아내를 나는 몹시 미워했으나 요즘처럼 자기 자신의 갈 길에 대해서 심각하게 생각하는 아내에게 어떤 종류의 애정까지도 느끼는 것이다.

그러나 한때는 나에게서 받는 애정을 송두리째 받아 간직할 수 있게끔 마련되어 있었던 아내의 마음의 항아리 속에는 나의 애정 대신에 새로운 그 무엇이 스스로 충만해 가고 있는지도 모른다.

어떻든 아내가 그 당시의 상태를 벗어나 이만큼 자각했다는 것은 아내 자신을 위해서 참으로 경하할 만한 일이 아닐 수 없는 것이다.

지나치게 애를 써서 그런지 요즘 아내의 얼굴은 날로 창백해지는 것이었다. 입술은 까맣게 타서 갈라지고 눈 속에서 전에 볼 수 없었던 야릇한 광채까지 떠돌고, 그것은 아내가 좀 더 총명해진 데서 오는 눈빛일까?

정말이지, 아내가 자신의 앞날을 예측하고 스스로의 운명을 타개해 보려는 노력에 대해서 우선 나는 경의를 표하기로 하는 것이다.

그러나 나라는 인간 위에 나의 생각이 머물자, 나의 마음은 말 할 수 없이 우울해지는 것이다. 그러나 내가 우울해졌기로 무슨 반응이 있을 수 있을까? 자신을 다스릴 아무런 능력도 의욕도 가지지 못한 내가 대체 어찌하겠단 말인가?

오늘을 살고 내일 또한 오늘처럼 무위하게 허비하고 있을 백치에 가까운 내가 아닌가. 나는 내가 살아 있다는 뚜렷한 인식도 자신도 없이 결국은 살아 있는 것도 죽은 것도 아닌 상태에서 영원히 머물러 있을 것을 생각하니 참으로 기가 막혀 죽겠는 것이다.

만일 내가 죽었다면 그것은 나의 생명이 소멸한 것이 아니라. 나의 어찌하지도 못하는 귀찮은 물질에 지나지 않는 육체만이 땅 속에서 흐느적흐느적 썩어 가고 있는 것이다.

내가 지니고 있는 나의 생명은 그 능력을 상실한 지 이미 오랜 시간이 흘러간 것이다. 생명, 그것은 다만 죽은 것도 살아 있는 것도 아닌 상태에 매어놓고 나를 학대하기 위해서만이 존재하는 밉살스러운 형체 없는 형리(刑吏)에 불과한 것이다.

지금도 옆방에서 새어 나오는 아내의 잠꼬대를 듣고 있자니까 나는 아내의 처지가 말할 수 없이 부러워지는 것이다. 저런 잠꼬대가 나오는 것은 그만치 아내에게 느낌이 많은 탓이리라.

나는 이부자리를 걷어차고 일어났다. 그리고 아내의 방문을 열고 들어갔다. 캄캄하여 아무 것도 보이지 않는다. 아내의 얼굴이 있음직한 곳으로 손을 가져갔다. 아내의 얼굴이 내 손바닥에 감각되었다. 참 오래간만에 만져보는 아내의 살결이었다. 오래 그리워하던 것을 찾은 것처럼 나는 자꾸만 아내의 얼굴을 어루만졌다.

내가 쓰다듬는 바람에 아내가 잠을 깨어 부시시 일어나 앉는다. 나는 아내 얼굴을 만지던 손을 떼고 자리에서 일어섰다. 못할 짓을 하다가 들킨 것처럼 좀 어색한 기분으로 아내 방을 살짝 빠져나왔다.

도로 내 방으로 가서 자리에 누웠다. 공연히 가슴이 들먹이고 숨이 새근거려진다. 잠을 청하려고 해도 잠은 좀처럼 올 것 같지 않다.

다시 일어나 앉았다. 그 때 마침 구름 속에 가리었던 달이 문 장지를 환하게 만들어주었다. 나는 방문을 열고 뜰로 내려갔다.

뜰에 함부로 피어 있는 잡초 위에 달빛은 은빛으로 내리퍼붓고 있었다. 나의 발길이 집 둘레를 싸고 있는 수목들 앞에 멈춰졌다. 그리고 휘휘 둘러보았다.

아내가 밤마다 행사를 하는 나무에 나의 시선이 머물렀다. 나는 왈칵 무서워졌다. 나무 둥치에 칭칭 감겨 있는 하얀 새끼줄이 꼭 백사(白蛇)의 그것같이 보였기 때문이다.

그러면서도 나는 백사처럼 보이는 새끼줄에서 눈을 떼지 못하는 것이다. 저 새끼줄로 나의 목을 조르면 나의 죽음은 올 것이다. 아니 나의 두번째의 죽음, 진짜 죽음이 올 것이다. 아니 나는, 나는 저 새끼줄에 매달린 채 죽음도 삶도 아닌 상태에 영원히 머물러 있을 것이다.

나는 할아버지가 목을 달아맬 때의 그 광경을 혼자 상상해본다. 나는 자꾸만 저 백사 같은 새끼줄에 내가 유혹되는 것이 이상하게 생각되었다. 그리고 몸서리쳐졌다.

갑자기 바람이 일기 시작한다. 나의 머리카락이 산산이 헝클어지며 바람에 휘날린다. 나뭇잎들이 일제히 소란한 소리를 수알거린다. 뿌드득 하고 나뭇가지가 부러지는 소리가 여기저기서 났다.

나는 일순 눈앞이 캄캄해졌다. 하늘을 덮을 듯이 수없이 뻗은 가지들이 온통 나를 누르며 압살시킬 듯이 흔들린다.

나는 이 자리에서 달아나야 한다. 아니 이 때야말로 나는 나의 행동을 개시해야 할 것이다. 저 나무들을 모조리 꺾어버려야겠다. 뿌리까지 꺾어버려야겠다.

나는 헛간으로 뛰어갔다. 헛간은 거센 바람결에 흔들리듯 했다. 헛간에서 나오는 나의 손에는 마땅히 들려야 할 것이 들려 있는 것이다.

날이 넓죽한 도끼다.

도끼를 높이 들고 나는 나의 할아버지가 목을 맨, 아니 나의 아내가 조금 전까지도 행사를 하던 나무 앞에 다가갔다. 내 뒤에서 인기척이 느껴졌다. 돌아보지 않아도 그가 아내인 줄을 알 수 있었다.

나의 머리 위에서 도끼가 좀 더 높이 올라갔을 때 아내는 나무를 등지고 나의 앞에 손을 벌리고 막아섰다.

아내가 막아선다고 해서 나는 나의 행동을 중지할 아무

- 104 -

런 이유도 없을 것이다. 도끼날이 나의 머리 위에서 커다랗
게 동그라미를 그렸다.

　도끼날 끝에 확실히 무슨 반응이 느껴졌다. 아내가 힘없
이 무릎을 꿇고 모로 쓰러지는 것이 먼 꿈속의 광경처럼 비
치었다.

　두 번 세 번 도끼날이 나무 둥치 깊숙이 박히는 것을 느
끼며 나의 손은 도끼자루에서 힘없이 떨어지는 것이었다.

(1955. 11. 동국문학 창간호)

절망과 열망, 그리고 방황
- 이현우론

문성효

※ 일러두기 : 본 해설에서 작품명은 「」로 표기하였고, 본문에서 글이나 작품 일부를 인용하는 경우 " "로 표기했다. 이현우에 대한 회고는 지금은 절판된 『끊어진 한강교에서』(무수막, 1994)를 참고하거나 인용했다.

1. 당신의 절망을 해독하다

2022년, 이현우 시인을 기억하는 사람은 많이 없을 것이다. 1994년에 그의 시문집 『끊어진 한강교에서』가 세상에 처음 나왔으나, 오랜 시간 절판된 상태였다. 다행히도 이현우 문학에 대한 관심은 그의 가족을 비롯한 소수의 사람들에게서 면면히 이어져 왔다. 아마 이 글은 여러분이 이현우에 관해 처음으로 읽는 평문일 것이다. 일단은 이현우 문학을 둘러싼 여러 이야기들을 가볍게 살펴보고, 그간 세상에 드러나지 않았던 이현우 문학의 깊이로 여러분을 안내하고자 한다.

이현우를 추억하는 많은 이들이 입을 모아서 그의 '절망'을 이야기했다. 극작가 신봉승 선생께서는 이현우 문학을 "절망의 강가에 선 에뜨랑제의 노래"라고 하셨다. 화가 하인두 선생께서도 이현우의 시를 "절망의 호곡"이며 "허무의 가락"이라 이름 붙이셨다. 신기선 시인께서는 이현우가 "6·25로 황폐화된 명동과 한강과 우리 국토를 보면서 죽음과 절망을 노래"했다고 말씀하셨다. 이현우 문학에 대한 기존의 이해는 위의 내용에서 크게 벗어나지 않는다. 그의 문학에서 '전쟁', '죽음', '절망', '슬픔'과 관련한 시어가 자주 등장하는 것도 사실이다. 이현우에 대한 대부분의 설명은 그가 6·25 이후 황폐화된 국토의 현실을 보며 절망과 죽음을 노래했다는 것으로 요약된다.

하지만 그것이 과연 이현우 문학의 실상일까? 어쩌면 그동안 우리는 이현우 문학의 표면만을 보며 그것이 그의 전부라고 생각했을지도 모른다. 이현우의 진정한 모습은 아직 우리 앞에 나타나지 않았을지도 모른다. 지금도 그는 자신의 문학 속에서 배회하며 자신을 구해줄 새로운 읽기를 기다리고 있다.

그의 문학을 이해하기 위해서는 이현우라는 인물을 향한 신비적인 시선을 잠시 걷어낼 필요가 있다. 걸인들과 어울리며 길거리를 누비다가 결국 실종된 그의 편력 때문인지, 이현우라는 인물은 과거의 증언들 속에서 상당히 신비화되어 있었다. 우리는 이해할 수 없는 일을 두고 세상의 '신비'라고 이야기한다. 그러나 섣부른 신비화는, 미지(未知)에 대한 설명 가능성 자체를 사전에 차단한다는 점에서 우리가 분명히 경계해야 할 일이다.

많은 이들이 이현우를 '기인(奇人)'으로 기억한다. 오죽하면 명동의 대표 기인으로 이현우의 이름이 오르내렸겠는가. 그의 지인들은 과거 시문집의 회고록에서 이현우를 "무욕의 자유인", "귀족적 기인", "탈속의 달관자", "한 마리의 사슴"이라고 불렀으며, 몇몇은 그의 기이한 편력에 주목해 "역려(逆旅)의 왕초", "거지 신사"라는 별명을 붙여주기도 했다. 이 모든 이름들의 이면에는, 그가 범인(凡人)과 구별 되어야 한다는 강한 인식이 자리하고 있다.

그러나 한편으로는 이러한 인식이 이현우를 이해하려는 우리의 노력에서 상당한 걸림돌이 될 수 있다. 이현우에 관한 어떤 의문이든 '그가 기인이었기 때문이다'라는 식으 로 일축될 수 있다는 게 그 이유다. 이런 설명이 우리에게 가져다주는 것은 그가 기인이었다는 사실 하나뿐이다. 이현 우도 우리가 사는 세상에서 함께 지냈던 사람이다. 그의 행적이 범상치 않았다는 사실 때문에 그의 문학까지도 지 극히 사적이고 주관적인 것으로 치부되어서는 안 된다. 그 는 명백히 자신의 문학으로 시대의 문제와 대결하고 있었 으며, 여기에는 인간의 실존을 실현하기 위한 그의 공동체 적 고민이 깃들어 있다. 우리는 자욱한 절망의 풍경 때문 에 그가 마주하고 있었던 실존의 문제를 간과하고 있었던 것이 아닐까.

우리는 살면서 다양한 슬픔을 목격하게 된다. 우리에게 는 '저것이 슬픔이다'라는 결론이 아니라 '무엇이 슬픔을 만들었는가'라는 물음이 필요하다. 나는 그것이 올바른 문 학 읽기의 자세이자 삶의 자세라고 믿는다.

여기까지가 이현우 문학 읽기를 위한 간단한 서론이었 다. 이를 테면 이현우에게 쌓인 오해를 풀어내는 해독(解毒) 의 과정이었다. 이제 본격적으로 우리가 마주한 이현우의 절망을 해독(解讀)해 보자.

2. 열망하는 자가 절망할 수 있으니

이현우의 시는 절망적이다. 사실이다. 하지만 그의 시 전부가 절망적이라고 이야기할 수 있을까? 당장 「노래」, 「노래초 1」, 「노래초 2」, 「노래초 5」를 읽어 보라. 이 얼마나 강인한 의지인가. 우리가 이현우 문학을 이해할 때 주의해야 할 점은, 그의 문학에서 확인되는 절망이 그저 감상적인 것도, 맹목적인 것도 아니라는 사실이다. 다른 문학들과 마찬가지로 이현우 문학도 상당히 입체적이다. 우리는 이현우가 보여준 절망의 이면에서 그가 가졌던 열망을 확인해야 한다. 그 절망과 열망의 대결 서사 속에서 이현우 문학이 균형적으로 포착될 수 있다.

이현우가 처음부터 자신의 실존적 고민을 그의 문학 속에 형상화해낸 것은 아니다. 잠시 이현우 문학 연보를 참고해 보자. 그는 주로 『동국시집』에 시를 발표하다가 『자유문학』에서 등단하고 이곳에서 작품 발표를 이어간다. 이때 1953년부터 1955년까지 발표된 작품들, 그러니까 「기다림」, 「깃발도 없이」, 「계절」, 「무제초(無題抄)」, 「탑(塔) - J에게 준다」, 「강물」은, 자신의 사유를 전개하기보다 감성적인 장면이나 서사를 형상화하는 데에 주력하고 있다. 시편들을 옮겨보겠다.

> 끝내 이 자리에
> 화석하고 말 나의 자세였다.
>
> 그날,
> 그토록 격리된 거리에서 너를 부르며

초롱초롱 안타까운 눈을 뜨고 있는 나.

기다림은
동결된 슬픔이 스스로 풀려나는 것은 아니다.

일모(日暮) ──
그러한 시기였다.

어디메 홍수와 같이
해일(海溢)과 같이 다가오는
절박한 시간이었다.
-「기다림」 전문

흘러서 머무는 곳은 어디인가
여기는
어느 세월에 잊혀진 강물.

흘러서 돌아올 수 없는 안타까움에
너는 흐름으로써
스스로를 달랜다.

동경(憧憬)
언제부터 비롯된 것인가를
사실은
나도 모른다.
-「강물」 부분

위의 시편들이 감성적 형상화에 주력하고 있다고 본 이
유는, 시적 상황의 맥락이 상당히 제한적으로 제시되어 있
기 때문이다. 「기다림」에서 "격리된 거리", "그러한 시기"는

"나"와 "너"의 이별 상황을 설명하는 것처럼 보이는 시어이면서도, 정확히 무얼 가리키는지는 확인하기 어렵다. 「강물」에서 화자의 위치는 "어느 세월에 잊혀진 강물"이며, 화자 자신도 "동경"이 "언제부터 비롯된 것인가"를 모르겠다고 고백한다. 이처럼 이현우의 초기 시편들은 감성적 언어를 바탕으로 상상적 시공간을 조형해 낸다. 이들에게서 구체적인 상황 맥락이 생략된 이유는, 작품의 감성을 주제로 구현하는 데에 그것들이 필수적이지 않다는 시인의 판단 때문일 것이다. 말하자면 이때의 작품들은 "내 마음의 무한 공간"(「탑」)을 중점적으로 그려내고 있다.

1956년에 발표된 「한강교에서」(1958년에 「끊어진 한강교에서」로 다시 발표된다), 그리고 「죽음을 위하여」에서 이현우 문학을 통틀어 처음으로 '죽음'과 '절망'이라는 시어가 등장하고, 흔히 알려진 이현우 문학의 모습을 갖추게 된다. 이때부터 그의 문학에서 절망이 드리우기 시작한다.

이 절망의 악보를 본격적으로 살펴보기 전에 중요하게 짚고 넘어가야 할 작품이 있다. 1955년에 발표된 그의 단편소설 「이상 성격자의 수기」이다. 극작가 신봉승 선생의 증언에 따르면, 이 소설이 소설가 김동리에게서 극찬을 받았다는 것이 유명한 일화로 전해진다. 그러나 이현우가 '시인'으로 알려진 탓에 그의 문학에서 이 작품이 갖는 의미가 제대로 언급되지 못한 듯하다. 「이상 성격자의 수기」는 이현우 시인에 대한 자전적 소설 정도로 여겨졌지만, 보다 근본적으로는 인간의 실존 문제를 구조적인 서사에 담아낸 탁월한 소설이다. 소설의 주제는 이후 그의 시편들에서 확인되는 실존적 탐구와 긴밀하게 이어져 있다.

「이상 성격자의 수기」를 읽는 방식이야 다양하겠지만,

이 글에서는 총 세 가지 지점에 주목해보고자 한다. 첫 번째는 소설의 공간적 배경이다. '나'와 '아내'가 살고 있는 집은 "옛날 대궐식 건물"로, "나의 할아버지 때부터 나의 대까지 물려 내려 온" 아주 오래된 집이다. 그 집에 대해 '나'는 이렇게 진술한다.

뜰이며 집 둘레를 빽빽하게 둘러싸고 있는 수백 년 묵은 수목들, 그것들은 제멋대로 가지가 뻗어 몹시 바람이 부는 날이면 둥치에서 부러져 나가기도 하고 또 어떤 나무는 제 힘에 못 이겨 요란한 소리를 내며 통째로 쓰러지는 것이었다.

그러나 이것들을 손보기에는 나의 힘은 너무나 미약하다. 그 창창히 푸르던 거대한 수목들을 내가 어떻게 다 손을 보아야 한단 말인가.

나의 아버지 때까지도 그 나무들을 집안 식구들이 애지중지했었다고 한다. 그러나 나는 이 수목들이 싫어 죽겠는 것이다. 온통 하늘을 덮을 듯이 무성한 나뭇잎의 바다는, 그것이 하늘을 향하여 피는 것이 아니라 차라리 아래있는 모든 것을 덮어 누를 것 같은 느낌을 주는 것이다.

나는 그 잎들을 볼 때마다 늘 압살되리라는 불안한 생각이 드는 것이었다. 내가 그 수목들을 싫어하는 이유는 그뿐만이 아니다. 내가 처음으로 이 세상에 태어나던 그날 나의 할아버지가 이 수림(樹林)에 와서 목을 매어 자살한 일도 있기 때문이었다.

집안 식구들은 기쁨과 슬픔을 동시에 맛보게 된 것이었다. 할아버지가 목을 매어 자살한 원인은 사업에 실패하여 빚에 쪼들려서 그랬다는 것이다.

이 대목에서는 "무력감"이라는 감정이 '집' 전체를 관통하고 있다. 가령 사업에 실패해 빚에 쪼들렸던 '할아버지'

는 현실 세계의 위력과 동시에 그것에서 비롯되는 자신의 무력을 느꼈을 것이다. 탄생과 죽음, 기쁨과 슬픔, 과거와 현재가 교차하는 이 집은 현실 세계의 축소판에 가깝다.

「이상 성격자의 수기」에서 두 번째로 주목되어야 할 것은 소설에 나타난 '나'의 과거이다. 소설의 내용을 잘 살펴보면, '나' 자신의 의지보다 오히려 현실 세계의 사건과 논리가 '나'의 삶을 결정해간다는 사실을 확인할 수 있다. '나'는 '아버지'의 덕택으로 유복하게 살다가 '전쟁'으로 인해 많은 재산을 잃는다. 서울에 있는 의과대학에 입학해 가세(家勢)를 바로세울 수 있었던 '나'는 부모의 건강 악화로 인해 상경의 꿈을 접는다. 어머니께서 돌아가시기 전에 그의 염원을 이뤄주고자 결혼해 아이를 낳았지만, 아이가 첫돌을 맞기도 전에 돌아가시고 만다. 어린 아이마저도 병 때문에 목숨을 거둬, 아무런 의미 없는 부부 관계만이 '나'에게 남았다. '나'의 삶 자체는 개인의 끝없는 노력이 현실 공간에서 아무런 의미를 얻지 못하는 부조리의 연속으로 이어져 있다. 현실은 '전쟁'으로, '병'으로, '가족 관계'로, '혼인 관계'로 '나'의 삶을 옭아매고 있다. 결국엔 "나 본위에서 우러나는 행동"이 "종일을 집안에만 처박혀 있는" 모습으로 귀결되는 것은, 그동안 현실 세계가 '나'의 선택이나 노력을 결정하고 강제했다는 사실을 증언하고 있다.

「이상 성격자의 수기」에서 세 번째로 주목되어야 할 지점에서도 이러한 주제의식이 관철되고 있다. 그것은 '아내'에 대한 '나'의 태도이다. '나'는 '아내'가 "이 집을 박차고 떠나가지 못하는 이유"를 상상해보면서, "나의 의문을 풀어주는 정확한 회답은 머잖아 아내가 나에게 해"줄 것이라는 이유에서 즐거워한다. 그러나 아내가 끝내 아무런 행동도 선택하지 않고 이 상태를 벗어나지 못하는 것은 아닐지 걱정하다가 그만 "싫증"이 나버린다. "이럴 때면 아내는 나를 압살하려는 저 수목들의 존재처럼 비치는 것"이었다.

앞에서 '수목(樹木)'은 "늘 압살되리라는 불안한 생각"을 들게 하면서도, "몹시 바람이 부는 날이면 둥치에서 부러져" 나가기도 하는 것이었다. 즉 수목은 현실을 옭아매는 위력(威力)과, 현실에 의해 옭아 매이는 무력(無力)을 동시에 상징한다. '나'가 자신의 상태를 벗어나지 못하는 '아내'의 모습을 생각하며 "싫증"을 느끼는 이유는, 그녀가 이 집을 뛰쳐나가지 않고 여전히 '아내'로서 '나'의 존재를 옭아매리라는 생각과, 그녀도 결국 현실의 억압에 따라 자신의 상태를 부지(扶持)해 나가는 존재에 불과하다는 생각이 교차하고 있기 때문이다.

그런데 어느 날 '나'는 지금 이 재미없는 나날이 더 이상 계속되지 않으리라는 예감 속으로 빨려 들어간다. '나'는 "빨래를 판판한 돌 위에 포개어 놓고 방망이질"을 하는 '아내'의 모습을 보다가, 문득 "아내의 몸 어디에서 저런 힘이 날까?"라는 의문을 갖는다. "아내의 팔은 요즘 뼈와 가죽만 남은 새하얀 나의 팔에 비해 너무나 튼튼하고 굳세게" 보였고, 이 사실에 주목한 '나'는 갑자기 "몸서리"를 친다. "아내의 저 굳센 두 팔이 언젠가 나의 몸의 어느 부분을 힘껏 졸라매는 듯한 감촉"이 "생생하게" 느껴졌기 때문이다. '나'는 '아내'에 대한 이러한 마음을 '불안'이 아니라 "주의", "관심"이라고 표현한다. '나'의 입장에서 수목 같은 존재가 아내였다면, 아내의 입장에서는 그것이 바로 '나'일 것이다. 현실 앞에서 무력감에 빠졌던 '나'는, '아내'가 자신의 굳센 팔로 '나'를 죽임으로써 현실을 극복할 가능성을 포착한다. 그러니 '아내'의 모습은 '나'에게 관심을 끌 수밖에 없었던 것이다.

이후에 '나'는 '아내'가 "할아버지가 목을 맨 나무 밑에 밤이며 대추며 마른 명태 따위를 차려놓고 두 손을 부비며 통 알아듣지 못할 말들을 중얼"거리는 모습에 주목한다. 뿐만 아니라 '나'는 "꿈속에서 굉장히 싸우고 있는" 듯한 아내의 요란한 "잠꼬대" 소리를 들으면서 "즐거워 못 견디겠"다고 진술한다. 다음으로 이어지는 대목은 아내에 대한 '나'의 태도를 적실하게 보여준다.

> 행동의 선택을 전연 생각지 않는 시절의 아내를 나는 몹시 미워했으나 요즘처럼 자기 자신의 갈 길에 대해서 심각하게 생각하는 아내에게 어떤 종류의 애정까지도 느끼는 것이다.
>
> 그러나 한때는 나에게서 받는 애정을 송두리째 받아 간직할 수 있게끔 마련되어 있었던 아내의 마음의 항아리 속에는 나의 애정 대신에 새로운 그 무엇이 스스로 충만해가고 있는지도 모른다.
>
> (…)
>
> 지나치게 애를 써서 그런지 요즘 아내의 얼굴은 날로 창백해지는 것이었다. 입술은 까맣게 타서 갈라지고 눈 속에서 전에 볼 수 없었던 야릇한 광채까지 떠돌고, 그것은 아내가 좀 더 총명해진 데서 오는 눈빛일까?
>
> (…)
>
> 그러나 나라는 인간 위에 나의 생각이 머물자, 나의 마음은 말 할 수 없이 우울해지는 것이다. 그러나 내가 우울해졌기로 무슨 반응이 있을 수 있을까? 자신을 다스릴 아무런 능력도 의욕도 가지지 못한 내가 대체 어찌하겠단 말인가?
>
> (…)

지금도 옆방에서 새어 나오는 아내의 잠꼬대를 듣고 있자니까 나는 아내의 처지가 말할 수 없이 부러워지는 것이다. 저런 잠꼬대가 나오는 것은 그만치 아내에게 느낌이 많은 탓이리라.

나는 이부자리를 걷어차고 일어났다. 그리고 아내의 방문을 열고 들어갔다. 캄캄하여 아무 것도 보이지 않는다. 아내의 얼굴이 있음직한 곳으로 손을 가져갔다. 아내의 얼굴이 내 손바닥에 감각되었다. 참 오래간만에 만져보는 아내의 살결이었다. 오래 그리워하던 것을 찾은 것처럼 나는 자꾸만 아내의 얼굴을 어루만졌다.

자신의 선택과 노력이 그저 현실의 논리에 얽매이는 것에 불과하다면, "자기 자신의 갈 길에 대해서 심각하게 생각"하는 일은 없어도 무방할 것이다. 그런데 "아내의 마음의 항아리"는 이제 '아내'로서 '남편'의 애정을 품기 위해 존재하지 않고, 그 대신에 "새로운 그 무엇"으로 "스스로 충만해가고 있"다. "행동의 선택에 무척 고심"하는 '아내'의 모습에서 '나'는 현실의 억압과 논리를 이겨내려는 한 개인의 모습을 확인하고 "어떤 종류의 애정"까지 느낀다. 그러니 "날로 창백해지는" 아내의 얼굴에서 "좀 더 총명해진 데서 오는 눈빛"을 확인했던 것이다. '아내'와 달리 '나'는 "자신을 다스릴" 능력이 없다는 사실을 인지하고 "우울"과 더불어 '아내'를 향한 '부러움'을 느낀다. 현실을 이겨내려고 고통스러워하는 그 얼굴이야말로 '나'가 "참 오래간만에 만져보는" 살결이자 "오래 그리워하던" 것이었다.

다시 잠을 청하려다 일어난 '나'는 "뜰"에 나가 "아내가 밤마다 행사를 하는 나무"에 시선을 돌린다. 거기서 "나무 둥치에 칭칭 감겨 있는 하얀 새끼줄"을 "백사(白蛇)"의 모습으로 보며 이렇게 이야기한다.

> 그러면서도 나는 백사처럼 보이는 새끼줄에서 눈을
> 떼지 못하는 것이다. 저 새끼줄로 나의 목을 조르면
> 나의 죽음은 올 것이다. 아니 나의 두번째의 죽음, 진
> 짜 죽음이 올 것이다. 아니 나는, 나는 저 새끼줄에 매
> 달린 채 죽음도 삶도 아닌 상태에 영원히 머물러 있을
> 것이다.
> 나는 할아버지가 목을 달아맬 때의 그 광경을 혼자
> 상상해본다. 나는 자꾸만 저 백사 같은 새끼줄에 내가
> 유혹되는 것이 이상하게 생각되었다. 그리고 몸서리쳐
> 졌다.

앞서 '나무(樹木)'는 현실을 얽매는 존재이자 동시에 현실
에 얽매이는 존재를 의미했다. '나무'라는 상징이 갖는 이
중성은 현실이 옭아매는 것도, 그리고 옭아매는 현실이 되
는 것도 결국 '인간'에 지나지 않는다는 사실로 귀결된다.
나무에 묶여 있는 새끼줄은 원래 동해(凍害)를 막으면서 나
무를 보존하는 역할을 한다. 하지만 새끼줄이 할아버지의
자살, 아내의 팔과 함께 일련의 '목 조르기' 이미지로 연결
되면서 인간의 삶을 위협하는 '백사(白蛇)'의 모습으로 포착
된 것이다.

이 과정에서 "죽음"은 이중적인 의미를 갖게 되는데, 하
나는 육체의 죽음이고, 다른 하나는 "두 번째의 죽음", 곧
"진짜 죽음"이다. 작품 속에서 '진짜 죽음'이란 육체의 죽
음은 아니지만, "죽음도 삶도 아닌 상태에" 머무르는, 즉
나의 육체가 여전히 움직이되 나 자신이 아니라 현실이 나
의 육체를 움직이게 하는 상태를 의미한다. 앞서 우리는

'나'의 과거에서 이러한 상태가 어떤 경우를 가리키는지 확인했었다. 그러한 생애는 주어진 현실에 '맞춰' 살아가면 되므로 "자기 자신의 갈 길에 대해서 심각하게 생각"할 필요가 없었다. 그래서 우리의 팔다리를 묶어두고 꼭두각시처럼 조종하는 저 "새끼줄"이 우리를 '진짜 죽음'으로 몰고 가는 "백사"인 동시에 너무나 달콤한 "유혹"인 것이다. 그리고 그 꼭두각시 같은 삶의 종착점에서 모든 것을 잃은 '나'는 눈앞의 "유혹"에 심하게 "몸서리"쳤다.

나는 "날이 넓죽한 도끼"를 들고 "나의 아내가 조금 전까지도 행사를 하던 나무"에 다가가 그것을 베려고 한다. 아내는 "나무를 등지고 나의 앞에 손을 벌리고 막아섰다." 이 대목은 두 인물의 커다란 변화를 드러내 보이는 중요한 장면이다. '나'는 "쇠잔해 가는 육체를 가지고 종일을 집안에만 쳐 박혀" 있으면서 "외부와의 교섭을 끊은" 인물이었다. 반면 '아내'는 자신의 일을 하나도 도와주지 않는 '나'의 처사에 대해서 "한 번도 불만을 나타낸 적이 없었"고 "내가 취하는 태도에 대해서 원망 비슷한 눈치를 한 번도 나타"낸 적 없는 인물이었다. 그런데 위의 장면에 이르러 '나'는 그 쇠잔한 육체로, 그리고 온전히 자신의 결정으로 도끼를 들어 나무를 베려다 '아내'와 대치하고 있고(외부와의 교섭), '아내'는 그러한 대치 상황으로써 자신의 반대 의사와 불만을 표현하고 있다. 결국 '나'는 아내의 반대에 아랑곳하지 않고 도끼를 휘둘러버린다. 생애 처음 자신의 현실을 거역한 '나'의 모습을 끝으로 「이상 성격자의 수기」는 막을 내린다.

지금까지 살펴본 세 가지 지점, 즉 소설의 공간적 배경과 '나'의 과거, 그리고 '아내'를 바라보는 '나'의 태도에서

종합되는 이현우의 주제의식은 분명하다. 그것은 곧 현실
세계에서 살아가는 인간의 실존 문제다. 세계가 나를 움직
이려는 힘과, 내가 세계를 움직이려는 힘 사이의 갈등. 「이
상 성격자의 수기」에서 확인되는 '나'의 마지막 선택은, 어
쩌면 진정한 실존을 실현하고 싶었던 이현우의 열망이 투
영된 것일지도 모른다.

　이러한 이현우의 열망은 이후의 시편에서 좌절을 겪으며
절망의 형태로 그려져 있다. 대표적인 작품이 「끊어진 한강
교에서」이다.

　　　　그날,
　　　　나는 기억에도 없는 괴기한 환상에 잠기며
　　　　무너진 한강교에서
　　　　담배를 피우고 있었다.

　　　　이미 모든 것 위에는 낙일(落日)이 오고 있는데
　　　　그래도 무엇인가 기다려지는 심정을 위해
　　　　회환과 절망이 교차되는 도시
　　　　그 어느 주점에 들어
　　　　술을 마시고 있었다.

　　　　나의 비극의 편력은 지금부터 시작된다.
　　　　취기에 이즈러진 눈을 들고 바라보면
　　　　불행은 검은 하늘을 차고,
　　　　나의 청춘의 고독을 싣고
　　　　강물은 흘러간다.

　　　　폐허의 도시 〈서울〉
　　　　아, 항구가 있는 〈부산〉

내가 갈 곳은 사실은
아무 데도 없었다.

죽어간 사람들의 음성으로 강은 흘러가고
강물은 흘러가고
먼 강 저쪽을 바라보며
나는 돌아갈 수 없는 옛날을 우는 것이다.

옛날.
오, 그것은 나의 생애 위에 점 찍힌
치욕의 일월(日月)
아니면 허무의 지표, 그 위에
검은 망각의 꽃은 피리라.

영원히 구원받을 수 없는 나의 고뇌를 싣고
영원한 불멸의 그늘 그 피안으로
조용히 흘러가는 강.
- 「끊어진 한강교에서」 전문

　「끊어진 한강교에서」는 이현우의 초기 시편들과는 달리, 화자의 상상과 내면이 구체적인 현실 공간 속에서 펼쳐지고 있다. 그는 현실과 환상을 뒤섞음으로써 자신의 사유를 역사적인 지평에 올려놓는다.

　화자가 "무너진 한강교"에서 "괴기한 환상"에 잠기며 "담배를 피우고 있었다"는 사실에 주목해보자. 무너진 한강교에서 담배를 피우며 잠길 만한 괴기한 환상이란 무엇인가? 그것은 6·25 전쟁이 가장 유력하다.

　앞선 시편에서 '과거'는 자꾸만 망각되면서도, 그 실상이 감춰져 있는 것이었다. 「무제초(無題抄)」는 "오래 잊었던 생각처럼/쉽사리 기억할 수 없는── /그 먼날의 기억"이라고 했으며, 「강물」은 "동경(憧憬)/언제부터 비롯된 것인가를/사실은/나도 모른다"라고 했다. 그러나 「끊어진 한강교에서」에 이르러 이현우는 자신이 마주했던 구체적인 과거를 끌어올리게 된다. 그것은 이현우 자신의 과거이면서도 곧 참혹한 한반도의 과거였다.

"무너진 한강교"의 모습을 비추며 6·25 전쟁의 기억을 암시한 화자는 2연에서 "회한과 절망이 교차되는 도시"로서의 서울을 목격한다. 초기 시편에서 확인되었던 이현우의 슬픔과 회한은 상상적 공간에서 펼쳐진 개인의 서정에 가까웠다. 그러나 「끊어진 한강교에서」부터 이현우는 자신의 내면에서 나아가 도시의 내면을 진단하면서 자신의 시적 사유를 공동체로 확장시킨다.

이때 이현우 문학에서 처음으로 등장하는 '절망'이라는 시어가 중요하다. 그동안 시적 화자는 무언가를 그리워하는, 그리고 기다리는 사람으로서 시 속에 그려져 있었다. 이러한 모습은 「기다림」, 「무제초」, 「탑」, 「강물」을 거쳐 「끊어진 한강교에서」까지 이어져 왔다. 그런데 "무엇인가 기다려지는 심정"을 지닌 화자는 눈앞의 도시에서 "회한"과 "절망"의 "교차"를 읽는다. 과거로 돌아가고 싶은 마음과 과거로 돌아갈 수 없는 현실이 서울이라는 도시에서 교차하고 있었던 것이다. 기다림과 그리움이 가득했던 서정적 세계가 절망의 도시를 목격하자 "비극의 편력"으로 탈바꿈했다.

그의 문학에서 자꾸만 과거가 호출되었던 것은, 그만큼 개인의 삶에서부터 도시의 풍경에 이르기까지 그것들을 결정하는 것으로서 과거의 위력이 너무나 강력하다는 생각

때문일 것이다. "무너진 한강교"는 이현우가 발견한 '현재의 과거'로서, 세계 앞에서 느끼는 개인의 무력감과 동시에 과거를 회상하면서 느끼는 현재의 무력감을 나타내고 있다. 여기서 확인할 수 있는 것은, 세계 대 개인의 문제와 과거 대 현재의 문제가 이현우의 실존적 탐구에서 서로 겹쳐져 있다는 사실이다.

4연에서는 이현우 문학이 6·25 이후 한반도의 풍경을 그려내는 데에서 그치지 않고 인간 실존의 탐구로 나아가려는 징후가 포착된다. 여기서 "서울"은 전쟁으로 인해 "폐허"가 된 도시이지만, "부산"은 "항구"의 존재로 그 건재함이 암시될 만큼 전쟁 피해가 비교적 적은 도시로 표현된다. 그러나 화자는 "내가 갈 곳"이 "사실은 아무 데도 없었다"라고 진술한다. 전쟁 피해로 인해 서울에서 살기 어렵다면 부산이라도 가서 지낼 만하지 않겠냐는 것이 보통의 생각일 것이다. 그러나 "사실은"이란 말이 우리의 그 통념을 건드리고 있다. 갈 곳이 아무 데도 없다는 화자의 진술은, 실제로 이현우가 서울과 부산에서 지내며 느낀 사적 감정이 반영되었을 가능성도 있다. 오히려 그 과정에서 이현우는, 어떤 공간에서도 자신이 마주한 인간 실존의 한계로부터 자유롭지 못하다는 생각을 갖게 된 것이 아닐까? 6·25 전쟁과 그 슬픔이라는 주제만으로는 4연을 설명하기 어렵다. 오히려 「이상 성격자의 수기」에서 촉발된 실존의 문제가 여기서 시적 언어로 승화된 것이라 본다면, 이 작품을 비롯해 그 이후의 작품까지도 많은 지점이 자연스럽게 해명된다.(이는 평문의 후반부에서 더 자세하게 살펴보겠다.)

5연을 보자. 죽어간 이들의 음성으로 강이 흘러간다는 것은, 인류의 역사가 곧 죽음의 역사였음을 암시한다. 그

강물, 그러니까 죽음의 역사는 「강물」에서와 마찬가지로 우리의 기억 속에서 망각되고 사라지는 것이며, "돌아갈 수 없는" 것이다. 어떤 인간도 강물을 붙잡을 수 없는 것처럼, 5연은 흘러가는 죽음의 역사 앞에 개인이 경험하는 무력감을 형상화하고 있다. 그렇다면 이현우 문학이 그 정체가 모호한 '옛날'을 그리워하는 이유도 이해할 수 있다. 이때의 그리움이란 죽음의 역사에 대한 반사적(反射的) 반응이며, 스스로도 그것을 알고 있기 때문에 "옛날"을 "허무의 지표"라고 노래하는 것이다.

"검은 망각의 꽃"은 죽음의 역사에 드리우는 망각의 그림자를 가리킨다. 이후 전개되는 이현우의 시편들 속에서도 '망각'은 주요한 시어로 등장한다. 「다시 한강교에서」는 "삶과 죽음이 교차하는/무너진 한강교에서/실로 내가 느끼는 이 회한, 이 고뇌를" 망각해야 한다고 노래했다. 「타산과 욕망의 시」는 "잃어버린 시간,/무용한 생활과 세월일랑 차라리" 망각하라고 이야기한다. 이현우에게 망각은 인간의 운명이면서도 동시에 의무처럼 그려져 있다. 이현우의 실존적 탐구에서 '망각'이라는 개념이 우리에게 말하고 싶은 무엇일까?

앞서 언급했듯 과거란 여전히 현재에 남아서 우리의 삶을 결정하는 것이었다. 사실 '망각'이라는 개념도 '과거의 현재성'과 깊은 연관을 맺고 있다. 망각이란 '현재'의 시점에서 '과거'를 잊는다는 뜻이다. 이현우가 볼 때 현재가 과거를 망각하는 것은 인간 세계의 운명이자, 또한 모종의 이유에서 의무이기도 했다. 그 까닭은 "회한", "고뇌", "잃어버린 시간", "무용한 생활과 세월"이 우리가 살아가는 데에 아무런 도움도 되지 못한다는 이현우 자신의 체념에서 비롯되었을 것이다.

7연은 화자의 상황을 압축적으로 제시하면서도 그가 파악한 생애의 구도를 암시한다. "영원히 구원받을 수 없는 나의 고뇌"란 결국 세계의 위력 속에서 화자가 기대하는 실존의 실현이 어려울 것이라는 사실을 가리킨다. "망각의 꽃"이 지닌 '검은색'은 "영원한 불멸의 그늘"로 이어지면서, 강물의 목적지가 끝없는 망각의 세계임을 드러낸다. 그리고 그곳은 "피안"이기도 하다. 이현우는 왜 강물의 목적지를 '피안'이라고 불렀을까. 그것은 우리가 죽음으로써 우리의 슬픔과 고뇌로부터 벗어날 수 있다는 의미일까, 아니면 슬픔과 고뇌에서 해탈한 삶이 사실상 죽음과 다름 없다는 의미일까.

인간의 실존을 열망했던 이현우는 세계와 망각 앞에서 절망한다. 「끊어진 한강교에서」는 이러한 그의 문학적 세계관이 본격적으로 펼쳐지는 시작점이다. 그렇다면 이현우 문학은 이러한 절망으로만 점철되어 있는 것일까? 그렇지는 않다. 그는 자신의 고뇌가 "영원히 구원받을 수 없는" 것임을 알면서도, 현실의 한계를 돌파하기 위해 그 고뇌를 멈추지 않았다. 이현우 문학은 인간의 실존과 그것을 위협하는 것들 사이의 사투이며, 그 과정에서 그가 모색해낸 새로운 길이 많은 자취로 남겨져 있다. 물론 이현우의 실존적 탐구가 그의 의도대로 완결된 것인지, 아니면 미완결의 상태로 남겨져 있는 것인지는 확실하지 않다. 그러나 적어도 그가 절망의 시인으로만 기억되지는 않기를 바라는 마음에서 평문의 다음 장을 열어보겠다. 절망의 늪에서 그가 건져 올린 실존의 지평이 무엇이었는지를 차분히 살펴보자.

3. 새 시대를 위한 죽음의 역사

강을 굽어보며 울고 간
서러운 사람을
나는 생각해야 한다.

오! 기욤 아폴리네르.

그의 기구한 생애와
굴욕의 편력을 거듭한
나의 죽어간 나날을 생각해야 한다.
- 「다시 한강교에서」 부분

기욤 아폴리네르(Guillaume Apollinaire)는 초현실주의와 입체주의가 탄생하는 데에 기여한 프랑스의 시인이자 예술비평가이다. 황명걸 시인의 회고록에 따르면 "50년대의 명동 시절, 아폴리네르의 〈미라보 다리〉를 읊조리지 못하는 문학청년은 없었다"고 할 정도로 그는 명동 거리에 널리 알려진 프랑스 시인이었다.

「다시 한강교에서」의 화자가 "강을 굽어보며 울고 간/서러운 사람"을 생각한 이유는 무엇일까. 일단은 바로 자신이 그러한 사람이기 때문일 것이다. 화자는 강을 굽어보며 울고 있는 사람으로서, 자신과 같은 처지에 놓인 이들을 떠올렸다. 그렇다면 왜 '생각해야 한다'라고 했을까. 그 이유가 해당 시편에서 분명하게 드러나지는 않는다. 다만 화자는 다른 이의 "기구한 생애"를 자신의 "죽어간 나날"과 마주 세우며, 그들에 대한 생각을 새로운 의무로 받아들이고 있다.

참고로 아폴리네르는 폴란드인 어머니에게서 사생아(私生兒)로 태어나 36살이 되기까지 무국적 신분으로 살아야 했다. 제1차 세계대전에 참전하기도 했던 그는 전쟁에서 머리 부상을 입고 스페인 독감에 걸려 38세의 나이에 사망한다. 자신의 가족 관계, 전쟁 상황, 그리고 갑작스러운 질병으로 인해 삶이 좌우되는 모습은 「이상 성격자의 수기」에서 확인되는 '나'의 생애와 비슷한 구석이 한둘이 아니다. 「끊어진 한강교에서」가 6·25 전쟁과 그로 인해 "죽어간 사람들"을 떠올리는 작품이었다면, 「다시 한강교에서」는 세계의 위력 속에서 "기구한 생애"를 살아야 했던 이들을 한반도 밖에서 찾아내면서 자신의 사유를 확장시키고 있다.

이러한 그의 시적 사유는 「노래」에서 더 구체적이고 실천적인 모습으로 나타나 있다.

전쟁에 죽어간
친우들의 분한 혼을 위하여
나의 열기에 찬 노래는 불리워져야 한다.

(...)

죽지 못한 미련이여 가거라.
살아 남은 치욕이여 가거라.
산 자의 일체(一切)는 오직 무의미하고
죽어간 자만이 길이 영광 있을 뿐이다.

지금
인류의 가슴을 흐르고 있는 것,
피로한 사랑, 노후(老朽)한 정열.

거기엔 벌써 경이와 신비는 없다.
　　　-「노래」 부분

　위에서 인용되지 않은 부분이기는 하나, 「노래」의 곳곳을 살펴보면 "한국의 한강", "동포", "유월"이라는 시어를 확인할 수 있다. 이들은 「노래」가 6·25 전쟁에 관한 시편처럼 보이게 한다. 하지만 앞서 이현우의 실존적 탐구를 살펴본 우리들은 「노래」를 다른 방식으로 읽을 수 있다. 「노래」가 한반도의 역사에 반쯤 걸쳐져 있는 것은 사실이지만, 그 이면에는 세계 현실을 향한 강력한 비판 의식이 자리하고 있다.
　참고로 이현우의 문학에서 '민족'이라는 단어는 단 한 번도 등장하지 않는다. 그는 죽어간 이들을 "친우", "동포"라고 부른다. 또한 그의 비판은 언제나 '한민족'이 아니라 "인간", "인류"를 향한다. 이러한 사실들은 그의 실존적 탐구가 한반도 현실에 머무르지 않고 세계 전체로 뻗어나갔음을 방증한다. 뒤에서 살펴보겠지만 이 사실은 「가을과 사자」, 「노래초 5」에서 더욱 분명하게 드러난다.
　이현우를 절망의 시인으로만 생각했다면 그의 비판 의식을 구체적으로 확인하기 어려웠을 것이다. 그의 비판은 정확히 무엇을 향해 있었던 것일까? 「노래」의 화자는 "지금/인류의 가슴을 흐르고 있는 것"에 "피로한 사랑, 노후(老朽)한 정열"만이 있으며 "경이와 신비"는 없다고 지적한다. 「다음 항구」에서도 이현우는 "폐쇄된 공원의 벤치위에 앉아/실로 아프게 의식되는 것"이 "피로한 시대"라고 진단했다. 사랑과 정열, 그리고 경이와 신비를 가르는 것은 대체 무엇일까?

"산 자"와 "죽어간 자"를 대비했던 「노래」의 내용에서
그 실마리를 찾을 수 있다. 이현우의 문학에서 '사랑'과
'정열'은 오로지 "산 자"의 세계에만 존재한다. 그러한 탓
에 그들은 시간이 지날수록 처음의 모습과는 다르게 피로
하고 노후한 것이 된다.

　재미있는 것은 실제로 이현우의 시편들 속에서 '사랑',
'젊음'이 결국엔 종말을 피할 수 없는 대상으로 그려져 있
다는 것이다. 「연전(年前)」은 "비로소 회상이 오고/나는 늙
고/사랑의 이름으로 불리워진/모든 것은 죽는다"라고 노래
한다. 「흑묘대화(黑猫對話) - 모나리자의 초상에게」는 "젊음
은 실로 헛되이 가리라./사랑 또한/폐원(廢園)의 수목처럼
시들고……"라고 노래한다. 「만가(挽歌)」는 "비극은 항시 사
랑이 죽는 곳에 살고/인간은 길이 불행하기 때문입니다."라
고 노래한다. 「눈 오는 주점(酒店)」은 아예 "사랑은 가서 돌
아오지 않는다."라는 시구로 시작된다. 이들 모두 이현우의
초기 시편과는 사뭇 다른 분위기이다. "오늘은 또 당신을
위하여/스스로 눈을 맞고 섰을/탑이 된다"라고 노래했던
「무제초(無題抄)」, "너의 가장 안의 깊은 곳/거기 나의 날들
은 잠들고/너는 내 안에서/나무와 같이 무한히 자라 가리
라"라고 노래했던 「탑」을 떠올려 보라.

　"산 자"에 대한 이현우의 종말론적 세계관이 대부분의
시편에 두드러지게 나타났다는 이유에서 그는 절망의 시인
처럼 여겨져 왔었다. 그러나 그 모습의 이면에는 "죽어간
자"에게 영원한 "영광"이 있으리라고 노래하며 그들에게 찬
사를 보내는 이현우의 시선이 숨겨져 있다. '산 자'가 지닌
사랑과 정열은 "실신한 육체"(「만가(挽歌)」), "쇠잔해 가는 육
체"(「이상 성격자의 수기」)로 인해 점차 죽어가겠지만, 그렇기

에 오히려 죽은 자의 영광은 영원할 수 있다. 물론 이를 바탕으로 이현우의 문학을 '죽음 찬가'로 판단하는 것은 섣부른 독해다. "죽어간 자", 그리고 "경이와 신비" 사이에 놓인 관계가 아직 밝혀지지 않았기 때문이다.

"경이와 신비" 앞에 놓인 "벌써"라는 시어에 주목해보자. 이현우는 사랑과 정열에 "벌써" 경이와 신비가 없다고 이야기했다. 그러므로 경이와 신비는 사랑과 정열에 관계되는 것으로서 분명히 "산 자"의 것이다. 그렇다면 이현우가 요구하는 경이와 신비란 무엇이며, "지금/인류의 가슴"에 그것들이 없다고 본 이유는 무엇일까?

애초부터 「노래」는 그 '경이와 신비'를 요구하는 '노래'로서 우리에게 해답을 내놓고 있었다. 「노래」의 전문을 다시 한 번 읽어보라. 죽어간 자들에 대한 산 자들의 기억과 사랑이 이현우에게는 '경이와 신비'로 비쳤던 것이다. 그 경이와 신비를 복원하기 위해서 이현우는 처절한 목소리로 "나의 열기에 찬 노래"가 "불리워져야 한다"고 외쳤다.

이 대목을 「끊어진 한강교에서」와 비교해보면, 이현우가 그의 실존적 사유에서 대단한 전환을 이루어내고 있음을 확인할 수 있다. 「끊어진 한강교에서」의 "무너진 한강교"는 과거에 부여잡힌 현재 서울의 모습을 상징적으로 그려낸 풍경이었다. 이때 과거는 인간의 삶이 세계의 논리에 의해 움직인다는 사실을 증언했고, '죽음'이란 그것들에 의한 희생에 불과했다. 하지만 「노래」는 오히려 '죽음'이 세계의 논리에 "항거"하는 새로운 좌표일 수 있음을 확인했다. 이현우는 "산 자"의 역사가 아니라 "죽은 자"의 역사를 바탕으로 세계의 논리를 재구성하려고 시도한 것이다. 이것이 그가 찾았던 새로운 실존의 방법이었다.

그렇다면 인류의 가슴에 그 경이와 신비가 없다고 본 이유는 무엇일까. 이는 앞에서도 언급했듯 인류의 역사가 망각의 역사임을 이현우가 진작 알고 있었기 때문이다. 인류의 역사를 상징하는 강물은 "영원한 불멸의 그늘"이자 "피안"으로 흐르고 있었다(「끊어진 한강교에서」). 가까운 미래에 인류는 슬픔과 번뇌가 없는 세계에서 죽음의 역사를 영원히 망각한 채 사랑과 정열에 빠져 피로하게 살아갈 것이다. 이현우는 이러한 인류 실존의 종말을 감지하면서 「노래」와 같은 시편을 써냈던 것이다.

　　'피로한 시대' 속에서도 '경이와 신비'를 실현하고자 했던 이현우의 실존적 탐구는 「가을과 사자(死者)」에 이르러 매우 탁월한 시적 성취를 이루게 된다. 이 시편은 이현우 문학이 보여주는 실존적 사유의 정수(精髓)이자, 이를 유려한 시어로 승화해낸 중요한 작품이다.

　　　　이제,
　　　　한번 간 사람들은
　　　　영구히 돌아올 줄을 모른다.

　　　　〈허나 죽음은
　　　　멸하는 그것만은 아니었다.〉

　　　　가을이 깃든
　　　　사자(死者)들의 동공(瞳孔) 속에는 한 폭의 지도
　　　　그 길을 따라 우리들은 가고
　　　　먼 옛날로 더듬어 가고

　　　　죽은 고향도 어린 시절의 꿈도,

어지러운 살(肉)의 항거로 쓰러진
아, 슬프게도 싱싱했던 사람들

지금,
그들을 위한 인류의 합창은,
아세아에서 혹은 태평양과 대서양을
건넌 먼 대륙에서도
다시
한강의 피어린 모래알의
그 하나하나에서도

울려오리라.
아우성치는 해랑(海浪)의 피는
오, 살아서 날뛰는 피의 저항은
영원하리니

감아라 눈.

그 속에 깃든 가을은
살아서 돌아가지 못한
너희들의 고향이요,
또 영원한 저항에의 길이다.
－「가을과 사자」부분

　"한번 간 사람들은/영구히 돌아올 줄을" 모르지만, "죽음"은 오로지 "멸"하는 일만은 아니다. 현재를 살아가는 "우리들"은 "사자들의 동공(瞳孔) 속에" 있는 "한 폭의 지도"를 따라 "먼 옛날로 더듬어" 간다. 한강교의 무너진 모습처럼 '보이는 과거'에 향했던 지난날의 체념적인 시선은 사라지고, 오히려 화자는 '보이지 않는 과거'를 적극적으로 추적해나간다. 그리고 거기에서 "살(肉)의 항거"를 발견한다. 그들은 "슬프게도 싱싱했던 사람들"이었다.

여기에서 우리가 눈여겨 볼 점은, '육체(살, 肉)'를 바라보는 이현우의 상반된 시각이다. 앞서 그는 이 시대의 육체를 쇠잔하고 피로하며 실신한 것으로 보았다. 그러나 「가을과 사자」의 화자가 과거를 더듬어가며 목격한 육체는 "싱싱"한 것이었다. 미루어보건대 둘의 차이는 "항거"에 있는 것으로 보인다. 이현우가 목격한 피로의 시대에서는 신비나 경이가 없는 사랑과 정열만이 가득했다. '산 자'만이 남아 있는 세계에서 육체는 말 그대로 정신이 없는, 실신(失神)한 육체였다.

반면 인간에게 '항거'란 무엇일까. 이현우는 죽음의 역사가 세계의 논리로 자리잡는 하나의 과정을 '항거'로 포착한 것이 아닐까? 정신이란 육체의 죽음으로도 멸하지 않는 무언가를 나의 육체에 승인한 것이며, 그래서 항거란 정신의 항거이자 곧 "살(肉)의 항거"이다. "싱싱했던 사람들"을 바라보는 슬픔의 배경에는 '정신'의 실종에 대한 이현우의 시대적 진단이 자리하고 있었다. 그래서 이현우는 새로운 시대를 위하여 "아세아", 그리고 "태평양과 대서양을 건넌 먼 대륙"까지 아우르는 "인류의 합창"을 고대하고 있는 것이다.

"해랑(海浪)의 피"가 "살아서 날뛰는 피의 저항"으로 비약되는 장면은 이현우 문학의 실존적 탐구가 아름다운 시적 형상화를 이루며 정점에 이르는 대목이다. 이현우 문학에서 '물' 이미지는 다양한 시편들 속에서 변주되어 왔다. 그가 처음 발표한 「기다림」에서는 기다림을 "동결된 슬픔"이라고 이야기했다. 슬픔을 이겨내려는 인간이 어떻게든 살아

가는 것처럼, 강물은 얼지 않기 위해 흘러가야만 했다. 이 현우가 「강물」에서 "흘러서 돌아올 수 없는 안타까움에/너는 흐름으로써/스스로를 달랜다."라고 노래한 데에는 나름 이유가 있었던 것이다. 그러다 보니 강물은 "어느 세월에 잊혀진" 곳이 되었다. 이렇게 보면 우리도 단지 살아가려는 이유에서 "죽어간 사람들의 음성으로"(「끊어진 한강교에서」) 흘러가는 강을 망각하며 지내온 것이 아닐까.

그럼에도 이현우는 포기하지 않았다. 그의 실존적 탐구는 한반도의 6·25 경험에서 그치지 않고 세계를 향해 뻗어나가며 새로운 실존의 가능성을 모색했다. 세계의 모든 강물, 모든 죽음의 역사는 '바다'라는 한 점에서 모이며 새로운 물결("해랑", 海浪)을 만들어낸다. 이처럼 '죽어간 자'들의 목소리는 전세계에 있는 '산 자'들의 저항에서 계승되면서 영원히 이어지게 된다. "아우성치는 해랑(海浪)"의 '푸른 피'가, 곧 살아서 날뛰는 '붉은 피'로 호명된 것은, 거침없는 색(色)의 비약으로써 과거와 현재, 생과 사의 경계를 허물어버린 것이다.

이제 「가을과 사자」의 화자는 '보이는 과거'가 아니라 '보이지 않는 과거'를 보기 위해서 "눈"을 감는다. 그 속에는 "살아서 돌아가지 못한/고향"이 깃들어 있지만, 이제 우리는 떠나버린 과거를 돌이키기 위해 그저 그리워하거나 기다리는 존재가 아니다. 돌이킬 수 없는 과거는 지금 우리에게 "영원한 저항에의 길"로 펼쳐져 있다. 이현우는 "검은 망각의 꽃"(「끊어진 한강교에서」)을 꺾어버리고 새롭게 "영구히 눈 감지 못할 검은 회한의 꽃"(「노래초 1 - 양심의 폐허」)을 피워냈다.

「가을과 사자(死者)」가 발표된 것은 1959년 2월이었다.

약 1년 뒤인 1960년 4월, 이현우는 과연 그날의 혁명에서 그가 그토록 고대했던 '싱싱한 육체'를 확인했을까?

4. 시는 무엇을 할 수 있는가

앞선 논의를 통해 여러 시편에 흩어져 있던 이현우의 실존적 탐구가 여러분에게 온전한 모습으로 전달되었기를 바란다.

그러나 그가 언제나 확신에 찬 태도로 실존적 탐구를 이어온 것은 아니었다. 이현우는 1959년 『자유문학』 당선 소감에서 시작(詩作)에 대한 자신의 회의를 아래와 같이 밝혀낸 바 있었다.

> "시니 뭐니 하다가 나는 나에게 있어 가장 귀중한 그 무엇을 모두 놓쳐버린 것만 같다. 몇 편의 쥐꼬리보다 못한 시 나부랭이를 가지고 어쩐네 하고 이따위 따분한 짓을 하느니보다, 차라리 일체를 불살라버리고 이름 없는 항구의 주점, 그 어느 으슥한 자리에 앉아 날마다 울려오는 서러운 뱃고동 소리라도 들어가며 한평생 아무렇게나 넘겨버렸으면 하는 그런 심정이다."

시에 대한 회의는 실제로 그의 시편들 곳곳에서도 확인된다. 「다시 한강교에서」는 "이 부질없는 시편(詩篇)들"을 "망각해야 한다"고 이야기했으며, 「다음 항구」는 "무용한 시편(詩篇)" 속에 "무수한 언어들의 창백한 형해(形骸)"가 "억울하게 죽어"갔다고 이야기한다. 이현우의 자학적인 언어는 「타산과 욕망의 시 - 사랑과 변심의 노래를 〈기욤 아폴리네르〉」에서 절정에 이른다.

굽어보아라.
슬기로운 눈,
나의 예지여.

이제 결빙기는 다가오는데
습기 찬 방에서 늙은 작가는
그래도 읽고 또 쓸 것이다.

사랑과 이익을 망각한
그의 안정(眼晶)은 흐려 오는데,

아아 시대는 저무는데
늙은 작가의 안정에 비치는
삐걱이는 의자, 금이 간 테이블,
창밖엔 찢긴 잎이 떨어지는데

오, 무익한 곤충들의 헛된 몸짓처럼
시를 쓰기 위한 노력보다
더한 타산(打算)이여
나의 앓는 시신(詩神)이여

그리하여, 시는 탄생하리라.
나의 죄업(罪業)과 절망의 골짜기에
술과 젊음과 그리고 온갖 욕망의

잃어버린 시간, 모든 무용한 것
나의 모든 타산 위에.

- 「타산과 욕망의 시 - 사랑과 변심의 노래를 〈기욤 아폴리네르〉」 부분

　화자는 "늙은 작가"가 되어서도 계속 글을 읽고 쓰는 자신의 모습을 "슬기로운 눈"으로 "예지"하고 있다. "사랑과 이익을 망각"하면서까지 글을 썼던 화자는 급기야 눈의 밝음(眼晶), 곧 '총명함'까지 잃어버릴 상황에 처한다. "삐걱이는 의자", "금이 간 테이블"은 계속 글을 읽고 써온 미래의 모습에 절망적인 분위기를 더한다. 그것들은 또한 화자가 "사랑과 이익을 망각"한 결과이기도 하다. 이제 "시를 쓰기 위한 노력"은 "무익한 곤충들의 헛된 몸짓"에 견주어지고, "타산(打算)"에 압도당하고 만다.

　그렇다면 나의 "시신(詩神)"이 앓는다는 것은 어떤 의미일까? 시의 부제으로 미루어보아 시신(詩神)은 화자가 생각한 시(詩)의 신(神), 곧 '기욤 아폴리네르'를 가리키는 것으로 보인다. "타산"이 "시를 쓰기 위한 노력"보다 앞서는 상황에서 시신(詩神)은 자신이 설 자리를 점점 잃어간다. "그리하여" 탄생한 시는 제목이 암시하는 것처럼 '타산과 욕망의 시'일 것이다.

　이 시는 사랑과 이익을 망각하고 글을 써오던 화자가 먼 미래에는 결국 사랑과 이익으로 시를 쓰게 된다는 절망적인 서사를 담고 있다. 이렇게 보면 '사랑과 변심의 노래'라는 시의 부제가 위의 서사와 딱 맞아떨어진다. 이현우는 「타산과 욕망의 시」 이후로 약 9개월 뒤인 1963년 7월에 『청동』 제1집에서 마지막 시를 발표하고 문단에서 자취를 감춘다. 결국 이현우는 인간의 실존을 꿈꾸다 현실을 이겨내지 못하고 절망을 탐닉한 시인이었을까?

그의 마지막 시편 「노래초(抄) 5 - 항거의 해」를 읽어보자.

　　우리는 싸워서 승리를 거둘 것을
　　약속치 않는다.
　　또 패배하여 복종할 것도
　　원치 않는다.

　　가장 흉악하고 잔인한 것들을 위하여
　　가장 가혹하고 치욕적인 것들을 위하여
　　인류와 동포의 이름으로 아니
　　전쟁이 앗아간 젊은이들의 억울한 이름으로
　　—— 고발할 것이다.
　　- 「노래초(抄) 5 - 항거의 해」 부분

　이현우 문학이 보여주는 실존적 탐구는, 마지막까지 자신의 사유를 변주하면서 우리에게 진정한 실존의 세계를 고민하게 한다. 「노래초(抄) 5 - 항거의 해」에서 우리가 만나게 되는 마지막 물음은 이러하다. 왜 이현우는 "승리"도 "패배"도 아닌 "고발"을 노래했을까?

　이 대목은 우리에게 '실존의 궁극적 지향'에 대한 중요한 메시지를 던지고 있다. 앞서 살펴봤듯이 이현우의 실존적 사유는 국경의 구분 없이 전세계를 향한 것이었다. 그가 실현하고자 했던 실존은 어떤 개인, 어떤 민족의 실존이 아니라 궁극적으로 세계 모두의 실존이다. 이 지점에서 우리는 "승리"와 "패배"가 실존의 방법일 수 없는 이유를 해명할 수 있다. "승리"와 "패배"는 서로 구분되는 별개의 현상이 아니다. "승리"는 누군가의 "패배"를 전제한다. 승리를 통한 실존은 결국 누군가의 실존을 억압함으로써 얻어내는 것에 불과하다.

　제2차 세계대전과 6·25 전쟁을 보고 들으며 자란 이현우는 자연스럽게 "전쟁은 결국/인생의 축도(縮圖)"라고 노래할 수밖에 없었다(「흑묘대화(黑猫對話) - 모나리자의 초상에게」). 그는 전쟁을 반복하는 인간의 운명을 극복하면서 세계 모두의 실존을 이룰 방법을 모색했고, 그렇게 제시한 것이 제3의 방법인 "고발"이었던 것이다. 그는 "전쟁이 앗아간 젊은이들의 억울한 이름으로" 세계의 억압을 고발함으로써 "인류와 동포"가 세계 전체의 실존을 이룩할 수 있다고 생각했다. 하지만 여전히 의문은 남는다. 오로지 '고발'의 방법으로 인류가 전 세계의 실존을 향해 함께 나아갈 수 있다는 것은 너무나 이상적인 발상이 아닐까?

　그렇다. 이상적인 발상이다. 이 평문이 이야기해주고 싶었던 것도 결국 그것이다. 이현우는 절망의 시인이 아니라 열망의 시인이었다는 것. 아니, 절망과 열망 사이를 끝까지 오갔던 '방황'의 시인이었다는 것. 이현우의 마지막 시편이 「타산과 욕망의 시」가 아니라 「노래초(抄) 5 - 항거의 해」였던 것은, 어쩌면 절망의 시인으로만 기억되고 싶지 않았던 그 자신의 마지막 항거가 아니었을까?

　이현우를 최후의 순간까지 괴롭혔던 것은 문학의 무용성(無用性)이었다. 더 이상 이현우를 만날 수 없는 지금 이 시대에도 자신의 뜻을 실현하기에 문학은 너무나 나약한 수단이다. 그럼에도 불구하고 자신의 가치를 믿고 기꺼이 새로운 문장을 시작하는 것이 바로 문학의 '결단'이 아닐까. 이현우가 끝없는 절망 속에서도 우리에게 한 줌씩 희망을 내보였던 것처럼 말이다.

　그는 자신의 문학 속에서, 그리고 그의 삶 속에서 평생을 방황하다가 마지막엔 어느 골목들 사이로 사라져버렸다. 이제 그 방황의 기록은 한 권의 책으로 남아 있다. 나의 평문이 당신의 문학을 해설할 수 있어서 커다란 영광이었다. 당신을 통해 깨달을 수 있었다. 진정한 절망은 진정한 열망에서 유래한다고. 당신이 나에게 준 소중한 물음을 한 줄 적어보면서 이 길었던 평문을 마치겠다.

오늘, 우리는 얼마나 절망하는 인간이었는가?

- 평자 약력

문성효(文誠孝)

1999년 제주 출생
서울대학교 국어국문학과 학부 재학
제62회 대학문학상 평론 부문
「섬사람의 관계학」으로 우수작 수상

이현우 작품 연보

작 품 명	게재일	게재지	면수
기다림	1953. 12	동국시집 제2집	
깃발도 없이	1953. 12	동국시집 제2집	
계절	1954. 10	동국시집 제3집	
무제초(無題抄)	1954. 10	동국시집 제3집	
이상 성격자의 수기	1955. 11	동국문학 창간호	
탑(塔) - J에게 준다	1955. 12	동국시집 제4집	
강물	1955. 12	동국시집 제4집	
호수	1956. 11	동국시집 제5집	
한강교에서1)	1956. 11	동국시집 제5집	
죽음을 위하여	1956. 11	동국시집 제5집	
다시 한강교에서	1957. 10	동국시집 제6집	
끊어진 한강교에서	1958. 10	자유문학	
노래	1958.	자유문학	
다음 항구	1958. 12	신군상 창간호 제1집	
가을과 사자(死者)	1959. 02	자유문학	
항구가 있는 도시	1959. 05	자유문학	
연전	1959. 08	자유문학	
노래초(抄) 1 - 양심의 폐허(廢墟)	1960. 07	자유문학	
흑묘대화(黑猫對話)-모나리자의 초상에게	1960. 11	자유문학	
구름과 장미(薔薇)의 노래	1961	자유문학	
만가(挽歌)	1961. 10	자유문학	
눈오는 주점(酒店)-K에게 드린다	1962, 03	자유문학	
노래초(抄) 2	1962. 07	동국시집 제9집	
타산과 욕망의 시 - 사랑과 변심의 노래를 〈기욤 아폴리네르〉	1962. 09	자유문학	
노래초(抄) 5 - 항거의 해	1963. 07	동인지 청동 제1집2)	

---

1) 1958년 10월에 『자유문학』에서 「끊어진 한강교에서」로 발표.
2) 공초 오상순 선생 추모 시집 동인지

끊어진 한강교에서

지은이 이현우
발행인 이명권
편집인 정지훈
발행처 열린서원
초판1쇄발행 2022년 2월 25일

주 소   서울특별시 종로구 창덕궁길 117, 102호
전 화   010-2128-1215
팩 스   02) 2268-1058
전자우편 imkkorea@hanmail.net/ c072032@gmail.com
등록번호 제300-2015-130호

값 13,000원
ISBN 979-11-89186-16-6

※ 잘못 만들어진 책은 구입한 곳에서 교환해 드립니다.
※ 이 도서에 국립중앙도서관 출판사 도서목록은
   e-CRP홈페이지(http://www.nl.go.kr/ecip)에서 이용하실 수 있습니다.